从心所欲不逾矩

许渊冲

2021年4月（100岁）

图书在版编目（CIP）数据

哈梦莱 /（英）威廉·莎士比亚著；许渊冲译. —北京：商务印书馆，2021（2021.7 重印）
（许渊冲汉译经典全集）
ISBN 978-7-100-19414-3

Ⅰ. ①哈⋯ Ⅱ. ①威⋯ ②许⋯ Ⅲ. ①悲剧—剧本—英国—中世纪 Ⅳ. ① I561.33

中国版本图书馆 CIP 数据核字（2021）第 022310 号

权利保留，侵权必究。

许渊冲汉译经典全集
哈梦莱
〔英〕威廉·莎士比亚　著

许渊冲　译

商 务 印 书 馆 出 版
（北京王府井大街36号　邮政编码100710）
商 务 印 书 馆 发 行
南京爱德印刷有限公司印刷
ISBN 978-7-100-19414-3

2021年3月第1版	开本 765×965　1/32
2021年7月第2次印刷	印张 5⅞

定价：83.00 元

目 录

第一幕 ··· 1

第二幕 ·· 40

第三幕 ·· 74

第四幕 ·· 121

第五幕 ·· 150

剧中人物

哈梦莱　丹麦王子

丹麦国王　哈梦莱之叔（剧中简称"国王"）

老哈梦莱阴魂　原丹麦国王，哈梦莱之父

葛露德　丹麦王后，哈梦莱之母

波洛涅　丹麦国务大臣

拉尔提　波洛涅之子

莪菲莉　波洛涅之女

雷纳多　波洛涅之仆

贺来霄　哈梦莱之友（同学）

罗森兰　朝臣，原为哈梦莱同学

吉登丹　同上

沃德曼　丹麦驻挪威使臣

柯内略　同上

马塞勒　皇家卫士，或为哈梦莱、贺来霄同学

贝纳多　皇家卫士

方西戈　皇家卫士

奥里克	朝臣
戏子	演报幕人、剧中国王、巴蒂达、吕先拉
福丁拔	挪威王子
指挥官	挪威军队的队长
二小丑	掘墓人（据中用"掘墓人甲、乙"）
二信使	
水手	
教士	
英国使臣	

贵族、士兵、侍从、侍仆、拉尔提的同伴等。

第 一 幕

第一场

丹麦艾西诺
皇家城堡炮台

（贝纳多、方西戈二哨兵分别从左右上。）

贝纳多　口令！

方西戈　你怎么要我答口令？应该是我问你呀！

贝纳多　国王万岁！

方西戈　贝纳多吗？

贝纳多　难道还有别人？

方西戈　你来得倒准时。没有偷懒，也没有占便宜。

贝纳多　钟刚敲十二点，你下班睡觉去吧，方西戈！

方西戈　多谢你来接班，今夜好冷，我的心都凉了。

贝纳多　你当班有什么动静没有？

方西戈　连老鼠都没有出洞。

贝纳多　那好，再见！要是你碰到该和我同守夜的马塞勒和贺来霄，就催他们快点来吧。

（贺来霄和马塞勒上。）

方西戈　我好像听见脚步声了。——站住！来的是谁？

贺来霄　老地方的熟人。

马塞勒　丹麦王的侍从。

方西戈　我要和你们说再见了。

马塞勒　啊，再见吧，老实的哨兵。谁接了你的班？

方西戈　是贝纳多。我要走了。

（方西戈下。）

马塞勒　嗨，贝纳多！

贝纳多　喂，那边是贺来霄吗？

贺来霄　嗬！来的不大也不小。（"嗬来小"和贺来霄谐音。）

贝纳多　来得好，贺来霄，来得好。马塞勒，你也好。

马塞勒　怎么，那家伙今夜又显灵了吗？

贝纳多　我还没有看到。

马塞勒　贺来霄说，那不过是我们的幻想罢了，他才不相信呢。我们两夜都亲眼看见阴魂出现，所以我就要他今夜来陪我们守一夜。只要阴魂今夜再出现,他就不得不承认我们的眼睛没看错了,他还可以和阴魂说几句鬼话呢!

贺来霄　别说了,别说了,不会出现的。

贝纳多　你先坐下吧,即使你的耳朵有城墙那么厚,我们两夜亲眼看见的阴魂也会攻出一个缺口来的。

贺来霄　等着瞧吧。我们先坐下来听贝纳多吹牛如何?

贝纳多　就是昨天夜里,北极星旁边那颗星往西移动,照亮了一角天空。就是它现在发光的地方,马塞勒和我听见钟敲一点——

马塞勒　不要讲了,你先打住一下!

（鬼魂上。）

瞧,它不是又来了吗?

贝纳多　那不就是已经去世的国王吗?

马塞勒　你会说鬼话,贺来霄,和他拉扯几句吧。

贝纳多　他看起来不像先王吗?仔细看看,贺来霄。

贺来霄　的确像,看得人害怕,又莫名其妙。

贝纳多　他在等人说鬼话呢。

马塞勒　问问他吧,贺来霄。

贺来霄　你是什么东西？怎么偷偷地在这见不得人的时间，从丹麦国王的坟墓里偷来了他威风凛凛地迈开脚步的外形？老天在上，赶快回答！

马塞勒　他不高兴了。

贝纳多　看，他要走了。

贺来霄　站住！说话呀！说话呀！你说不说？

（鬼魂下。）

马塞勒　他走了，也不理我们。

贝纳多　怎么样，贺来霄？你发抖了，脸也白了。这不是我们的幻想吧！你怎么说？

贺来霄　老天在上，要不是我亲眼目睹，亲身见证，这实在是令人难以相信的。

马塞勒　这不像先王吗？

贺来霄　你还不如问你像不像你自己呢！看他身上的那副盔甲，不正是他打败那野心勃勃的挪威国王时的披挂吗？瞧他那皱起的眉头，不正是他在冰天雪地里用长柄大斧进行怒气冲冲的武装谈判时的神气吗？真是怪了！

马塞勒　就是这个样子，我们已经见过两次了，也是在这样阴沉沉的时刻，在我们值夜班的时候，他威严地走过我们的岗哨。

贺来霄 我也不知道看了这个令人难以相信的怪事后会有什么与众不同的想法，我只模模糊糊地感到：国家恐怕要爆发什么意想不到的怪事了。

马塞勒 好了，现在坐下来谈谈吧。谁知道为什么要这样紧张忙乱，累得人日夜不得安宁？为什么每天都要打造铜炮，还要从国外进口武器？为什么要催促工人造船，忙得一个礼拜连星期天也没有休息？到底是为了什么，要这样昼夜不分地流汗卖力？谁又说得清呢？

贺来霄 我来说吧。我看流传的说法不错，刚刚显灵的老王，你们都知道，接受了骄傲自大、目空一切的挪威国王福丁拔的挑战，双方明文约定：胜利者可以得到失败者的一块土地。在决斗的时候，我们以勇敢闻名的哈梦莱杀死了不可一世的福丁拔，得到了他的土地。不料，福丁拔的儿子年幼无知，好勇斗狼，在挪威边境纠集了一帮不三不四、没有土地的游民，供他们吃喝玩乐，要他们为非作歹，妄图夺回他父亲失掉的土地。在我看来，这就是我们为什么要兴师动众、日夜忙乱的原因。

（鬼魂重上。）

贝纳多　我想也没有别的理由，就是因为这些战争都和老王有关，所以他就全副武装出现在我们站岗的时候了。①

贺来霄　说话小声一点。瞧，它又来了！不管三七二十一，我要去拦住它。——站住，幻影！如果你会说话，就开口吧；如果你有什么好事要做，不做就不放心，那就为我们做做好事，说给我们听吧；如果你预知国家的吉凶，那就泄漏一点天机，免得我们遭殃吧！——是不是你生前搜刮来的财宝埋在地下？（鸡啼。）

——据说人死了也放不下心来，于是你就

---

① 译注：此段选自Kittredge版本，否则与下文不相连。

恋恋不舍了，是吗？——别让它走了，马塞勒！

马塞勒　要不要我用长矛捅他？

贺来霄　如果他不站住，那就用武力吧。

（他们试图动武。）

贝纳多　它到那边去了！

贺来霄　它到这边来了！

（鬼魂下。）

马塞勒　它走了！这样神气，恐怕我们得罪了他，不该对他动手动脚，其实它是像空气一样刀枪不入的。我们不怀好意的动作等于是开玩笑。

贝纳多　鸡啼时它好像要开口了。

贺来霄　它一听见这令人胆战心惊的召唤就畏罪似的跑掉了。听说雄鸡高而尖的啼声是唤醒白天太阳神的号角，一听见它吹响的警笛，无论水里火里、空中地上的游魂散魄，都要躲到暗洞中去。刚才阴魂一走，就说明这话不假了。

马塞勒　雄鸡一啼，它就消失得无影无踪。据说，在天主降生的时候，报晓的公鸡彻夜歌唱，表

　　　　示庆贺，那时阴魂都不外出，夜里非常平安，星光都不刺眼，妖仙的声音也不刺耳。女巫的魔术都不灵了。那时真是天下太平，万事大吉啊。

贺来霄　这话我听说过，也有几分相信。不过，瞧，红霞满天的清晨正在舔吸东方高山上的晓露，我们下岗的时间也到了。我看不如把今夜看到的事情告诉哈梦莱王子。我敢用生命起誓，对我们一言不发的阴魂，对自己的儿子不会闭紧嘴巴的。你们看告诉他好不好？这是感情的需要，也是责任的所在啊。

马塞勒　当然同意。我知道今天早晨在哪里找得到他。

（同下。）

第一幕

第二场

艾西诺皇家城堡

（丹麦国王克罗帝、王后葛露德、王子哈梦莱、大臣波洛涅、波洛涅之子拉尔提及其女莪菲莉上,众使臣随后上。）

国　王　虽然王兄哈梦莱新丧的记忆还没有消失,全国臣民的悲痛还遗留在眉头心间,但是最聪明的理智应该战胜最沉痛的感情,最好的哀悼还是继承先王的功业。弟继兄位,并立先嫂为新王后,共同治理这个百孔千疮的国家。因此,我们同时悲喜交集,有如一个失败的胜利者,或者转败为胜的英雄,眼睛流着丧失亲人的眼泪,口里唱着悲欢交集的婚歌，让悲喜在心中平分春色。这事多蒙诸位拥戴，特表谢意。目前，诸位知道，年轻气盛的小福丁拔要乘先王丧事的危机，他低估了我们的国力，派人送来信件，要求归还他父亲根据法定手续割让给先王的土地。关于这点，我们先说到这里。

（沃德曼及柯内略上。）

现在来谈谈这次会议吧。我们已经写了一份文书给小福丁拔的叔父，当今的挪威国王——他因病卧床不起，对他侄子的所作所为并不知情——请他制止他侄子胡作非为，进一步招兵买马，扩充部队，逼迫他的臣民入伍。所以，我们现在请你，柯内略，还有你，沃德曼，把文书送交给挪威老王，请你们在职权范围内和老王打交道，但是不要超越训令规定的范围，希望你们用迅速的行动，而不是用空洞的语言，去完成交托给你们的任务。

（递交文书。）

沃德曼　谨遵王命，我们一定尽忠职守。

国　　王　我们毫不怀疑。衷心预祝你们一帆风顺!

（沃德曼与柯内略下。）

现在，拉尔提，你有什么新的要求？你说过有一件大事，对不对，拉尔提？你还怕枉费了口舌。有理的要求会得不到丹麦王的同意吗？不等你开口就先答应了。丹麦王对你父亲真是心手相应，耳目并重啊。你还有什么不好说的呢？

拉尔提　尊敬的主上，请准许我回法国去吧。我非常乐意来丹麦参加主上的加冕大典，现在盛典已经结束，我的心又飞回法国去了。希望主上能够批准。

国　　王　你的父亲同意了吗？波洛涅怎么说？

波洛涅　我同意了，主上，请准许他去吧。

国　　王　那就选个良辰吉日吧，拉尔提，时间都是你的，你可以自由支配。——现在，我的侄儿哈梦莱，不，我双料的亲人——

哈梦莱　双料的亲人，还是伤了心的人？

国　　王　你怎么还是阴沉沉的？

哈梦莱　天不也是阴沉沉的么？

葛露德　我的好哈梦莱，不要那样阴沉沉的，用友好的眼光瞧瞧丹麦王吧。不要老是想着在阴曹地府的父亲，要知道人生总有一死，这是常事。死后回归自然，才能进天堂啊。

哈梦莱　唉！母亲，这是常事。

葛露德　那你就不要看起来失常呀。

哈梦莱　母亲，不是"看起来"，不只是我的脸色和衣服"看起来"阴沉沉的，所有的黑色丧服"看起来"都是阴沉沉的，所有哀嚎的悲风"听起来"都像哭声，所有滚滚的江流"看起来"都像哀嚎流出的眼泪，所有装模作样的愁眉苦脸"看起来"都像悲伤，但是我内心的痛苦却不是这些乔装打扮的悲哀。

国　王　哈梦莱，你对你父亲去世的深切悲痛，已经做到了尽心尽意的哀悼，说明你的天性淳厚，令人赞叹。不过，你要知道，你的父亲也失去过他的父亲，就是你的祖父，而你的祖父也失去过父亲，所以做儿子的一定要尽他的孝道，寄托他的哀思。但哀思的时间不能过长，否则就不近人情，甚至违背天理了。做事不能急于求成，希望一了百了，不能思想单纯，那就不像受过良好教育的了。我们一定要做人同此心、心同此理的事情。为什么要与众不同，顽固不化，坚持到底呢？算了，那是违背天意，违反死者的遗愿，不符合自然成长的天性，也不符合人间情理的，因为父亲的死亡是必然的现象，从第一个死去的父亲到最近的亡灵都在大声疾呼：死亡是不可避免的。请你抛弃那不合时宜的痛苦，把你的叔父当作父亲。让全世界都知道你是王位最亲近的继承人，没有哪种父爱能够胜过我们的父子之情啊。你打算回惠登堡去读书，这点我们不能同意，希望你还是留在我们身边，安慰你的双亲，做一个名副其实的王子吧！

葛露德 不要让你母亲的祷告落空，哈梦莱，我求你留下来和我们在一起，不要到惠登堡去了。

哈梦莱 我一切听你的吩咐。

国　王 这个回答才叫丹麦王既称心又开心呢。——夫人，哈梦莱出自内心、毫不勉强的回答，听得我心花怒放了。谢天谢地！今天晚宴每一次为丹麦王干杯，都要让炮声响彻云霄，让天上的雷鸣也响应地上的炮声吧！

（众下。哈梦莱留场上。）

哈梦莱　啊，有这等事！硬邦邦的骨头会融化成软绵绵的肉体，甚至融化成湿淋淋的露水！为什么天长地久的上帝会制定不许人走上绝路的清规戒律？啊，天呀，天呀！这人世的一切在我看来是多么无聊，多么陈旧，淡而无味，一无是处啊！去你的吧！唉，滚吧，滚吧！这个世界是个荒芜了的园子，杂草丛生，荒秽遍地，令人触目惊心。怎么会到这个地步！去世还不到两个月，不，没有那么久，决不到两个月，这么好的一个国王，比起现在这一个来，简直是天上地下：一个是太阳神，一个是好色鬼！父亲这样爱母亲，简直怕风会蹂躏她娇嫩的脸庞。天神地煞啊！我怎能忘记：她亲密地靠在父亲身上，就像甜蜜的食品越吃越有味一样，靠得越紧密，滋味也就越甜蜜。但是，只不过一个月——真是不堪设想,"薄情"啊,你怎么变成女人的绰号了!——短短的一个月,她哭得像个泪人儿似的给父亲送了葬,怎么鞋子还没穿旧,唉!她却——不懂人情的畜生哀悼的时间也不会这么短啊!——她却嫁给了叔父,我父亲的弟弟,但是他怎能比得上父亲?我比得上力大无穷的赫鸠力士吗?差得远呢!但是怎么在一个月之内,她那哭得又红又肿的眼睛里的盐水还没有干,她却居然又结婚了!啊,为什么这样急急忙忙,又这样驾轻就熟地钻进了颠倒伦常的被窝?这会有什么好下场!我的心要碎了。但我还是住口吧。

(贺来霄、贝纳多、马塞勒上。)

贺来霄　特向殿下问好!

哈梦莱　很高兴见到你,贺来霄,如果我没有记错的话。

贺来霄　一点不错,殿下,我一直乐意为殿下效劳。

哈梦莱　好朋友,我看还是做朋友好。你怎么从惠登堡来了,贺来霄?——马塞勒!

马塞勒　殿下，您好。

哈梦莱　很高兴见到你。——你好，我的朋友，你到底为什么离开了惠登堡？

贺来霄　还不就是为了偷闲躲懒，我的好殿下。

哈梦莱　即使听了讨厌你的人说这样的话，我也会觉得刺耳，怎么叫我相信你伤害自己的话呢？我知道你不是一个偷闲躲懒的人，那为什么要来艾西诺？既然来了，那就不喝个酩酊大醉不放你走。

贺来霄　殿下，我是来参加你父王葬礼的。

哈梦莱　我请你不要开玩笑了，我的老同学，我看你是来参加我母亲婚礼的吧。

贺来霄　的确，婚礼离葬礼太近了。

哈梦莱　那可省事了。葬礼剩下的残羹冷炙，不正好摆上婚礼的宴席吗？我真不愿意看到这一天，简直比看到恶人升天还更难受呢！贺来霄，我气得好像看见我父王了。

贺来霄　啊，殿下，看见他在哪里？

哈梦莱　在我心里，贺来霄。

贺来霄　我也见过他一次，真是个好国王。

哈梦莱　他是一个真正的人,全面看来,恐怕再也找不到第二个了。

贺来霄　殿下,我昨夜还看见他呢。

哈梦莱　看见谁了?

贺来霄　殿下,看见你父王呀。

哈梦莱　看见我父王?

贺来霄　不要大惊小怪,请你仔细听我讲这件怪事。他们两个都可以作证。

哈梦莱　老天发发善心,你就讲来我听听吧。

贺来霄　接连两夜,马塞勒和贝纳多两个人值班站岗,就看见阴灵了。他真像你父王,全身武装,披甲戴盔,出现在他们面前,威严稳重,在他们面前走了三个来回。他们流露出压制不住的惊慌和害怕的神色,在距离他不过一鞭之远的地方,仿佛瘫痪成了一团烂泥,不会说话,不会动弹。他们偷偷地把这个令人胆战心惊的遭遇告诉了我,我第三天就陪他们一起守夜。到了时间,阴灵果然出现了,一举一动,都像我所知道的老王一样,简直像两只手没有什么分别。

哈梦莱　那是在什么地方？

马塞勒　殿下，在我们守夜的炮台上。

哈梦莱　你没有对他喊话吗？

马塞勒　殿下，我喊了，但是他没有答话。有一次，我觉得他的动作好像是要说话，偏偏这时雄鸡啼了，一听见鸡叫声他就隐隐缩缩、匆匆地从我们眼前消失了。

哈梦莱　这真奇怪。

贺来霄　我敢用生命担保，尊敬的殿下，这是真的；我们都认为有责任把情况告诉殿下。

哈梦莱　很好，很好，诸位；不过我也搞不明白。你们今天还守夜吗？

马塞勒、贝纳多　是的。

哈梦莱　你们说他全身武装？

马塞勒、贝纳多　全身武装。

哈梦莱　从上到下？

马塞勒、贝纳多　是的，殿下，从头到脚。

哈梦莱　你没有看见他的脸孔？

贺来霄　看见的，殿下，他头盔的面甲没有放下。

哈梦莱　怎么？他看起来是不是皱着眉头？

贺来霄　看起来是在发愁，不是发怒。

哈梦莱　脸色是苍白还是通红？

贺来霄　一点不红，满脸惨白。

哈梦莱　瞪着眼睛瞧你？

贺来霄　简直就是盯着。

哈梦莱　要是我在场就好了！

贺来霄　那你也会大吃一惊的。

哈梦莱　的确会，的确会。他待了多久？

贺来霄　如果不快不慢地计数，大约可以数到一百。

马塞勒、贝纳多　不止一百，不止一百。

贺来霄　我看到的时间只有那么久。

哈梦莱　他的胡子发白了没有？

贺来霄　我见过他生前的胡子是黑里夹白的。

哈梦莱　我今夜要去看看，也许他还会再来。

贺来霄　我看他一定会来。

哈梦莱　如果他像我的父王显身，那即使地狱张开大口，叫我不要说话，我也要问问他的。我求你们几位，只要这事还没有泄漏出去，就请继续保密，不管今夜发生什么，都请记在心里，不要说出口来。我会报答你们的。再见

|||吧,今夜十一点到十二点我会到炮台去。
众　人|||愿为殿下效劳。
哈梦莱|||感谢诸位的好意,再见。——

（众下。哈梦莱留场上。）

父王的英灵全副武装,这不是好兆头,我怕要有大祸。但愿黑夜早点降临,我只好耐心等待了。不过不必担心,坏事总是会暴露的,尘土哪里挡得住阳光呢!

（下。）

第 一 幕

第三场

城堡内

（拉尔提、莪菲莉上。）

拉尔提　我的行李都上船了，再见吧，妹妹，只要顺风顺水，船来船往，就不要躺在床上，忘了给我写信啊。

莪菲莉　你还不相信我？

拉尔提　哈梦莱对你表示微不足道的好感，要看清楚：这是一时的风气，心血来潮的表现。春光烂漫中的紫罗兰，花开得早，谢得也快，芬芳扑鼻，转眼就会消失，不过是迷迷蒙蒙的烟云而已，不要上当受骗！

莪菲莉　就是这样的吗？

拉尔提　不要再多想了。一个人的成长并不只是肌肉发达，还有心灵的成熟呢。也许他现在爱你，他的意志没有受到干扰；但是你要知道：家世对他会有压力，他并不能自作主张，像普通老百姓一样不受身世的限制，为所欲为，开辟自己的道路。他选择时还要考虑国家的安全，因此他的选择一定会受到整体看法的限制，而他自己就是整体的首脑。如果他说他爱你，你就要用你自己的聪明才智来判断：在他那特殊的地位和权力的限制之下，他说的话能不能成为现实，还要听丹麦王的意见才能确定呢。如果你轻易相信了他唱得好听的歌声，你的声名会受到很大的损害，所以千万不能以心相许，尤其是不要在他一时的情欲冲动之下，失去你那纯洁如玉的童贞之身！要小心啊，莪菲莉，我亲爱的妹妹，要退守到感情的后方，不要让它受到欲望冲击的危险。最贞洁的女性如果把她的美色暴露在月光之下，那已经是莫大的浪费了；即使是守身如玉也难免不受到谣言诽谤的中伤，新春含苞欲放的鲜花往往会受到害虫的蛀伤。疯狂的狂风会吹得青春的晓露凋零。提心吊胆才能得到安全，而青春年少不用别人挑唆，也会犯上作乱、无事生非的啊。

莪菲莉　多谢你的劝告，我会像守门人一样，不让我心驰神旷的。不过，我的好哥哥，你可不要像有的牧师那样只劝别人走艰险的登天之路，自己却放浪形骸，只走花街柳巷啊！

拉尔提　不要为我担心。

（波洛涅上。）

我耽搁得太久。不过父亲来了。再一次告别会得到再一次祝福，再一次祝福又会再赢得笑颜了。

波洛涅　你还没走，拉尔提？上船去，上船去吧！帆船总要等风，你怎么能让风等人呢？既然你还没走，我就再一次给你祝福吧。这几句话希望你铭刻在心上：不要想到什么就说什么，更不要事情还没想好就先动手去做。做人要随和，但是不要随便。经过考验的好朋友，要用钢骨水泥来巩固你们的友谊，但是不要紧紧握住新结识的泛泛之交的手；不要和人争吵，但若争吵起来，就要让对方知道你的厉害。多听别人讲，自己少开口。接受别人的批评，但是保留自己的意见。口袋里有多少钱，就买什么价钱的衣服，不要穿得稀奇古怪，衣服可以华贵，但是不要炫耀。从一个人的打扮，可以看出他的品格，法国上流人的穿着也是高雅而又大方的。不要向别人借钱，也不要借钱给别人，借出去的钱往往收不回来，不但丢了钱，还会丢了朋友；向人借钱却会养成不节俭的习惯。最重要的是，做事总要问心无愧，要对得起自己，接着才会对得起别人，就像白天过了，黑夜就会接着来一样。再见了，但愿我的祝福能使我的临别赠言在你心中生根发芽！

拉尔提　我真舍不得离开你们。

波洛涅　走吧，时间不能耽误，仆人还在等着你呢。

拉尔提　再见，菲莉，记住我说的话。

莪菲莉　已经锁在记忆中了，钥匙还在你手里呢。

拉尔提　再见了。

　　　　（拉尔提下。）

波洛涅　他刚才对你说什么啦,莪菲莉?

莪菲莉　请你不要见怪,那是关于哈梦莱王子的话。

波洛涅　圣母在上,你倒想得好。听说他近来常和你见面,你也随便答应他的要求;如果真是像人家说的那样,为了谨慎起见,我不得不告诉你,你还不太清楚要怎样一举一动,才能符合我女儿的身份。你们之间到底怎么样?老实告诉我吧!

莪菲莉　父亲,他近来对我说了好多温存体贴的话。

波洛涅　温存体贴?不要说了!你说话还像一个不懂事的傻丫头,在这危险关头你毫无经验,你懂得什么是温存体贴吗?

莪菲莉　父亲,我不知道应该怎样说。

波洛涅　圣母在上,我来告诉你吧:你要把自己当作个孩子,你还会把虚情假意当作货真价实的感情呢!——不要做风吹两面倒的墙头草!——否则,你就要上当受骗了。

莪菲莉　父亲,他谈情说爱的态度的确是认真的。

波洛涅　唉,你也可以说是一种姿态。得了,得了!

莪菲莉　为了说明他的真情实意,他说尽了天下的山盟海誓。

波洛涅　这些都是捕捉山鸡的巧机关。我全知道。血涌上来的时候,还有什么样的誓言说不出口的呢?这些都是火焰,女儿啊,都是光多热少的,甚至在诺言还没有说完的时候,就已经光消热尽了。千万不要把火焰当作火啊。目前呢,女儿啊,不要轻易出头露面,一请就到。对哈梦莱王子,要知道他还年轻,他的行动比你自由得多,不要相信他发的誓。誓言都是推销商的广告,表面上冠冕堂皇,实际上弄虚作假;或者是推销嫁不出去的老闺女的媒婆,说得天花乱坠,花枝招展,其实是人老珠黄,目的都是为了骗人。总而言之,说明白点,就是从今以后不要再浪费有闲的时间去和哈梦莱王子谈天了!这就是我要你记住的话。去吧。

莪菲莉　我会听话的,父亲。

（同下。）

第 一 幕

第四场
艾西诺皇家城堡炮台

（哈梦莱、贺来霄、马塞勒上。）

哈梦莱　寒风刺骨，怎么这样冷呀！

贺来霄　好像梅花针似的一针一针扎人。

哈梦莱　现在是什么时间？

贺来霄　我看快到十二点了。

哈梦莱　听，钟声响了。

贺来霄　的确，怎么我没听见？那就快到阴魂出现的时间了。

（鼓乐齐鸣，夹杂炮声。）

　　　　这是什么意思，殿下？

哈梦莱　国王今夜大宴群臣，狂欢痛饮，跳德国舞，

|||喝莱茵酒,又是打鼓,又吹喇叭,来庆祝他说到做到的胜利啊。

贺来霄　这是不是惯例?

哈梦莱　什么惯例?虽然我也见过,但是在我看来,一起遵守这种惯例,倒不如打破更好。①

(阴魂上。)

贺来霄　瞧,殿下,阴魂来了。

哈梦莱　带来好坏消息的天使和信差,帮帮忙吧,不管你是神灵还是恶魔,带来的是清风还是邪气,目的是好是歹,你的外貌叫人疑神疑鬼。不管怎样,我都要和你说话,我要叫你"哈梦莱老王,父王,丹麦王"。啊,啊!回答我吧。不要让我沉重的心情在无知中破成碎片。告诉我,我们亲眼看见你合乎天理国法人情地沉醉在死亡中的躯体,本来不声不响地安眠在坟墓之中,怎么突然冲破了庄严肃穆的大理石墓门,又回到了人间?你为什么使没有灵魂的躯体又披上了头盔金甲,出

---

① 译注:朱生豪、卞之琳译本此处约多二十行。

现在朦胧的月影之下，使夜色也变得阴森可怕，使我们目瞪口呆，胆战心惊，成了一无所知的傻瓜笨蛋？说，这是为了什么？到底是什么缘故？我们该怎么办？

（阴魂招呼哈梦莱。）

贺来霄　他在招呼你，要你跟他走，仿佛有话要单独对你说。

马塞勒　瞧，他很客气地向你招手，要你到别的地方去。但你是去不得的。

贺来霄　去不得，千万不要去。

哈梦莱　他不肯说话，我怎能不去呢？

贺来霄　不要去，殿下。

哈梦莱　为什么不去？有什么可怕的？在我看来，我的生命并不值一文钱。至于灵魂，那更不必担心，阴灵本身就是不朽的幽魂，难道还会同类相残么？他又在招手要我去，我得去了。

贺来霄　如果他把你引到怒涛汹涌的河边，或者是悬崖峭壁的顶峰，再摇身一变，换上一副狰狞可怕的面孔，也许会吓得你魂不附体，丧失理智，陷入疯狂，那怎么得了？要想想啊！

哈梦莱　他还在招手呢！——得了，我要去追上他。

贺来霄　（拉住他）你不能去，殿下。

哈梦莱　放开你的手。

贺来霄　听听劝告吧，你不能去。

哈梦莱　命运在召唤我，连我身上的小血管也变得像狮子的牙齿一样坚硬。——他又在招呼了！——放开你们的手。老天在上，要是你们不放手，就莫怪我下手不留情了！——走开吧，我来了。

（哈梦莱同阴魂下。）

贺来霄　他狂想得不要命了。

马塞勒　我们跟住他吧。俯首听命恐怕不太合适。

贺来霄　只好跟着他了。结果会怎样呢？

马塞勒　丹麦国内怕是糟了。

贺来霄　那也只好听天由命吧。

马塞勒　不管怎样，我们总得跟住他。

（同下。）

第 一 幕

第五场 [1]

炮台一角

（阴魂、哈梦莱上。）

哈梦莱　你要把我带到哪里去？说吧！我不能再往前走了。

阴　魂　听我说。

哈梦莱　我听着呢。

阴　魂　我的时辰快到了，我又得回到硫火炼狱中去忍受烈火的煎熬。

---

[1] 译注：第一幕第五场英文版本不同，本书第一幕第五场根据英国皇家莎士比亚剧团的《莎士比亚全集》及法国纪德的译本译出。

哈梦莱　唉，可怜的阴魂！

阴　魂　用不着可怜我，好好听我讲吧。

哈梦莱　说吧，我会好好听的。

阴　魂　听完了，你还得替我报仇呢。

哈梦莱　什么？

阴　魂　我是你父亲在天之灵，现在罚我在炼狱之外夜游，白天还得回到炼狱中去忍受烈火的煎熬，一直烤到我生前所犯的罪过都烧得干干净净为止。但是炼狱中的天机不可泄漏，只要透露最轻微的一点，就会吓得你魂飞魄散，使你的血液凝成冰霜，使你的眼睛变成冲出轨道的流星，使你的卷发根根直立，像豪猪身上竖起的硬毛。但是这些天地间的秘密怕不是你们血肉之躯可以理解的。听我说，哈梦莱，啊，听我说！如果你还有父子之情——

哈梦莱　啊，天哪！

阴　魂　你就要为你惨遭谋杀的父亲报仇。

哈梦莱　谋杀？

阴　魂　说得最轻，也是阴险的谋杀，其实是最阴险

　　　　毒辣、出人意料、丧尽天良的谋杀。

哈梦莱　快说，快告诉我，我要让爱和恨都长上翅膀，飞去为你报仇。

阴　魂　但愿你说得到做得到。假如你听了我说的话还无动于衷，那岂不成了地狱中忘忧河边无知的野草！现在，哈梦莱，听我说，他们散布谣言，说我在园子里睡着了的时候，一条毒蛇咬了我一口。这个凭空捏造的谎言就蒙蔽了丹麦全国上下的耳目。但是你要知道，敢作敢为的年轻人，咬死你父王的毒蛇，现在还戴着他的王冠呢！

哈梦莱　啊，我早就有预感！是我的叔父。

阴　魂　啊，这个破坏伦常的畜生，用阴谋诡计，用心狠手辣的方法，诱骗了外貌端庄的王后，来满足他无耻的淫欲。啊，哈梦莱，她怎么能这样自甘堕落，忘记了我们结婚时手挽手共同立下的誓言，看得上一个在各方面都不如我的下流人呢！但是贤淑的女人也会被披着灿烂天衣的淫欲打动，即使和天使同床共枕也会日久生厌反而垂青外表花哨的小人。

啊，且慢，我似乎闻到清晨的新鲜空气了。说话恐怕要短一点。当我下午按照惯例在园子里午睡的时候，你的叔父偷偷地溜了进来，把一瓶剧毒的药水灌进了我的耳朵，这种药水和人体的血液一拍即合，凝结成块，像水银一样流入了我的大小血管，流遍了我的全身。就是这样，在我熟睡的时候，一个兄弟亲手剥夺了我的生命、我的王冠、我的王后。他使我还没有忏悔赎罪、没有领受圣餐、没有行涂膏礼，就离开了人世。可怕啊，可怕啊，多么可怕！倘若你有人性，你能够容忍吗？能让丹麦王榻变成骄奢淫逸、罪恶滔天、破坏伦常的床笫吗？不过记住：即使你要报仇雪恨，千万不要染污你的心灵，不要对你的母亲有任何行动。让老天去惩罚她吧！让她胸上的荆棘刺痛她的心灵吧。我们马上就要分手了，萤火虫的微光已经显得暗淡，黎明就要降临。别了，别了，哈梦莱，不要忘了我啊！

哈梦莱　啊，天神啊，世界啊！还有什么呢？难道还要向地狱呼吁？啊，去你的吧！我的心啊，一定要坚强，而你呢，我的身体？千万不要衰老软弱，而要鼓起劲来。不要忘记了你？唉！可怜的阴魂，只要记忆在这个纷纷扰扰的世界上还有一席之地，我就不会忘记你的。在我的回忆录中，我已经删除了一切心爱的琐碎记录，一切书本中的金玉良言，一切年幼无知的人所承受的重压，还有各种各样察言观色得到的印象，全都一笔勾销，只剩下你的临别赠言，将永远储存在我头脑的备忘录中，不会和低级的繁言琐语混为一谈。不错，不错，老天在上，啊，最危险的女人！还有奸贼，奸贼，满脸堆笑、满心狠毒的奸贼！我的备忘录，我的备忘录呢？我要把它记录下来！一个满脸堆笑、满口甜言蜜语的人就可能是个奸贼，至少我敢肯定：在丹麦的确是如此。那么，叔父，你也进了我的备忘录了。现在，我念念不忘的话就是："别了，别了，不要忘了我啊！"不会忘记的，我已经发过誓了。

贺来霄、马塞勒 （在幕后）殿下，殿下！

（贺来霄、马塞勒上。）

马塞勒　哈梦莱殿下！

贺来霄　老天保佑他吧！

哈梦莱　会保佑的。

贺来霄　来了，哈哈，殿下！

哈梦莱　来了，哈哈，猎人，你的猎鹰回来了。

马塞勒　怎么样了，我尊贵的殿下？

贺来霄　有什么消息，殿下？

哈梦莱　啊，好极了。

贺来霄　好殿下，告诉我们！

哈梦莱　不行，天机不可泄漏。

贺来霄　老天在上，我不会泄漏的，殿下。

马塞勒　我也不会，看在老天的分上。

哈梦莱　那么，你们怎么说，哪个人想得到？但是你们一定要保密！

贺来霄、马塞勒　对，老天在上，殿下。

哈梦莱　全丹麦没有一个坏人不做坏事。

贺来霄　殿下，这也用不着阴魂从坟墓里跑出来告诉你呀！

哈梦莱　什么？对了，你说对了；那么，不再转弯抹角了。我看还是说老实话：我们握手说再见吧。你们有你们的事等着去做，每个人都有要做的事，都有想做的事。既然如此，我也有我的琐事。你们看，我要做祷告去了。

贺来霄　殿下，你怎么说话文不对题呀？

哈梦莱　对不起，得罪了，请原谅，衷心请你们原谅。的确，衷心请求原谅。

贺来霄　殿下，你没有得罪谁呀！

哈梦莱　是的，炼狱的圣徒在上，不过，贺来霄，圣徒是不能得罪的。至于我们见到的阴魂，这是一个老实的英灵，这点我可以告诉你们。你们想要知道我们谈了什么，这个不便泄漏。现在，好朋友，既然我们是朋友，你们一个是学者，一个是军人，那我就要提出一个小小的要求。

贺来霄　什么要求，殿下？我们当然从命。

哈梦莱　不要泄漏今夜的所见所闻。

贺来霄、马塞勒　当然不会。

哈梦莱　不会？那就发誓吧。

贺来霄　的确，殿下，我不会泄漏。

马塞勒　我也不会，殿下，说真的。

哈梦莱　（拿出剑来）手按着剑发誓！

马塞勒　我们已经发过誓了。

哈梦莱　我要你们再按着剑发誓。

阴　魂　（在台后方）发誓！

　　　　（贺来霄、马塞勒发誓。）

哈梦莱　（对阴魂）说得好，老田鼠，你钻洞钻得真快呀！好一个开路的先锋，——那就再换个地方发誓吧，两位老朋友。

贺来霄　这真是咄咄怪事。

哈梦莱　怪事也欢迎吧。天上地下，怪事可多着呢。贺来霄，多得超过了你们哲学家的梦想。老天保佑，再发一次誓吧！无论我在你们面前表现得多么稀奇古怪，无论我显得多么莫名其妙，希望你们看到我也不会两臂交叉，或者摇头晃脑，说些似是而非的话，什么"得了，我们早就知道"，什么"只要想做，就做得到"，或者"如果允许我说"，或者"可以肯定的是"这一类模棱两可的话，来说明你们知道我的秘密，这可千万不行。那就需要老天开恩来帮助你们了。发誓吧！

阴魂　发誓吧！

（贺来霄、马塞勒发誓。）

哈梦莱　休息吧，安息吧，惶惶不安的阴灵！——两位老兄，像哈梦莱这样痛苦的人，有多少感情就会拿出多少来的。只要是符合天神的意愿，我也不会隐瞒。我们一同进城堡去吧，记住：永远要用手指捂住你们的嘴唇，我求求你们了。时代已经乱了套。啊，真倒霉！偏偏我生来却梦想拨乱反正。哪能做得到呢？不行，进去，我们一同走吧！

（同下。）

第 二 幕

第一场

艾西诺皇家城堡内

（波洛涅及雷纳多上。）

波洛涅　把钱和便条交给他,雷纳多!

雷纳多　是,大人。

波洛涅　你要干得不露痕迹,雷纳多。见面之前,先要打听他的行为。

雷纳多　遵命,大人。

波洛涅　那好,那好。先打听巴黎有哪些丹麦人,叫什么名字,怎么过日子,靠什么过活,住什么地方,和什么人来往,有多大的开销,就这样兜圈子顺藤摸瓜问他们是不是知道我儿子,但也不要问得直截了当,只说想对他

　　　　　有点了解，说你认识他的亲友，知道一些情况。明白了吗，雷纳多？

雷纳多　啊，明白了，大人。

波洛涅　"知道一点情况，"你可以说，"但是不太清楚。如果说的是他，他可是有点放荡，干这干那。"你可以随便给他编上几个罪名，但是话不能说过头，使他丢面子——这点千万要注意！——只能提到无人不知的公子哥儿们常犯的小毛病。

雷纳多　比如说赌博，是不是，大人？

波洛涅　对，还有喝酒闹事，赌咒发誓，争风吃醋，也就只能到此为止了。

雷纳多　大人，这不会叫他难堪吗？

波洛涅　那不用怕，你要掌握说话的轻重分寸。你可以雪里送炭，但是不能雪上加霜。比如"好色"可以说是"爱美"，争吵则是个性的自由发展，好斗只是青春的火气电光似的爆发，动手动脚却是任何人热血沸腾时的表现。

雷纳多　那么，大人——

波洛涅　我为什么要你这样说呢?

雷纳多　对,大人,这正是我要问的。

波洛涅　那好,我的打算是:要用这个花哨的小鱼钩去钓出我儿子的真情实况。如果你问到我儿子的小毛病,而回答问题的那个人如果了解我的儿子,他就会叫你"老兄"或者"朋友",并且表示同意你说的话。

雷纳多　太好了,大人。

波洛涅　于是,他就会——他就会——我要说什么来着?我正要说,我说到什么地方了?

雷纳多　大人说到:他会叫你"老兄",并且表示同意。

波洛涅　他会表示同意,不错。他最后会说:我知道这位老兄,昨天或者前天我还见过他呢,然后,然后,和这个人或者和那个人,像你说的,他赌博了,他喝醉了,打网球和人吵架了;或者会说:我看见他走进一个做买卖的人家,那就是说做烟花风月买卖的,如此等等。现在你明白了吧?你用假鱼饵钓到真鲤鱼了。就是这样我们用小聪明来达到大目的,用转弯抹角、漠不关心的方式打听到了真正关心的消息，这样就可以了解到我儿子的情况。你懂了吧。你懂了吗？

雷纳多　大人，我懂了。

波洛涅　老天保佑你，你去吧！

雷纳多　好的，大人。

波洛涅　你自己也要亲眼观察啊。

雷纳多　遵命，大人。

波洛涅　让他自说自唱吧！

雷纳多　好的，大人。

波洛涅　再见！——

（雷纳多下。莪菲莉上。）

怎么样，莪菲莉，有什么事吗？

莪菲莉　哎哟，父亲，我吓坏了。

波洛涅　天哪！什么事呀？

莪菲莉　父亲，我正在房里缝织，哈梦莱王子来了。他的紧身衣还没有扣上，帽子也没有戴，袜子没有系紧，一直掉到脚踝骨上，脸白得像他的衬衫，看样子真可怜，仿佛是从地狱里放出来散布恐怖似的——他一直走到我面前。

波洛涅　是不是爱你爱得发疯了？

莪菲莉　父亲，我不知道，的确，我怕他是——

波洛涅　他说什么了？

莪菲莉　他抓住我的手腕，捏得紧紧的，然后伸直了胳臂往后退，另外一只手遮着眉头看我的脸，好像要给我画像似的。他这样站了很久，最后他的胳臂抖了一下。三次低下头去又抬了起来，发出了一声表示悲哀的叹息，似乎要摆脱身体的拘束、结束他的生命似的。然后他就转过头来走了，似乎不用眼睛也认得路似的，也不看路就走了出去。最后，他把眼光转向了我。

波洛涅　来，和我同去见国王吧。这是爱得发狂的表现。爱得太强烈了反而会毁了自己，做出要死要活的举动，就像天底下过分的热情总会损害自己一样。我很抱歉要问一问：你近来有没有对他说什么不好听的话？

莪菲莉　没有呀，好爸爸，只是遵照你的嘱咐，拒绝了他的信件，请他不要来找我。

波洛涅　这就使他发疯了。真对不起，我没有早看出这一点，没有做出正确的判断，误以为他只是逢场作戏、和你玩玩而已。现在看来，我们上了年纪的人谨小慎微，就像你们年轻人不思前顾后一样，都会犯下错误。来吧，我们一同见国王去。这种感情上的事隐藏在心里会造成痛苦，还不如拿到光天化日之下去，可以化痛苦为欢乐呢。

（同下。）

第 二 幕

第二场

艾西诺皇家城堡内

（国王、王后葛露德、罗森兰、吉登丹等上。）

国　王　欢迎，亲爱的罗森兰和吉登丹，我们非常想见你们，又有事要请教，所以就匆匆请你们来了。你们大约听到了哈梦莱的变化吧，我说这是变化，因为他从里到外都不像过去那个人了。除了失去父亲的悲痛之外，还有什么使他变得连他自己都不认识自己了，我也想不出来。所以我要请教二位，因为你们从小和他相处很久，了解他的脾气，如果在宫廷里住上几天，和他做伴，替他消愁解闷，也许会有意想不到的收获。是不是有什么我们不知道的事情增加了他的悲痛？如果能够揭开他的心事，解开疙瘩，那就更容易治好他的心病了。

葛露德　两位好朋友，他时常谈到你们，所以我想恐怕没有另外两个人比你们对他更了解的了。如果你们能和我们在一起小住几天，那我们会非常感谢你们的深情厚谊，王室决不会亏待二位，让你们虚度此行的。

罗森兰　二位主上如果用得上我们，只要吩咐一声，哪有不从命的？

吉登丹　我们愿意鞠躬尽瘁，俯首听命，请二位主上任意支配。

国　王　谢谢，好样的罗森兰和吉登丹。

葛露德　谢谢，好样的吉登丹和罗森兰，我希望你们尽快去看看我那个变了样子的儿子——来人呐，带这二位去见哈梦莱！

吉登丹　老天保佑，希望我们能够使他高兴，我们的话他能听得进去。

（罗森兰和吉登丹随侍从下。）

葛露德　但愿如此！

（波洛涅上。）

波洛涅　主上，去挪威的使臣顺利回来了。

国　王　你真是一个报喜的天使。

波洛涅　主上，那可不敢当。我敢保证我会全心全意为主子效劳，就像为上帝尽心尽力一样。如果我的头脑没有出毛病，像一贯那么好使用，我觉得我找到了哈梦莱变得不正常的原因。

国　王　啊，快讲！我正想听呢。

波洛涅　请先接见从挪威回来的使臣吧，我的消息只能当餐后的果点。

国　王　那就请你去接他们进来吧。

（波洛涅下。）

好王后，他说他有头有尾地发现了你儿子神情失常的原因。

葛露德　我猜想主要原因不是别的，还是他失去了他的父亲，而我们结婚又太仓促了。

（波洛涅、沃德曼及柯内略上。）

国　王　那好，我们要把他的话过一下筛。——欢迎，我的好朋友，告诉我挪威王兄怎么说的？

沃德曼　他非常友好地回答了我王的问候和祝愿。我们一提出，他就命令他的侄子立刻停止招兵，他本以为招兵是对付波兰人的，但是深入调查之后，发现的确是要对付我主，他很难过，因为年老多病，力不从心，以致受到蒙蔽，于是命令他的侄子福丁拔住手，侄子接受了叔父的指责，当面表示了不再兴师进犯我国。老王一喜之下，赏了他三千克朗的年金，还命令他统率新招募的军队去对付波兰人，并且请求我主允许他们借道经过，决不扰乱治安，条件都有书面说明。

（呈上文书。）

国　王　这样很好。等我有宽裕的时间再来仔细看文书吧。非常感谢你们劳苦功高，现在请去休息，晚上我们还要为你们庆功，欢迎你们回来。

波洛涅　这件事情总算圆满结束了。主上、娘娘，君臣的职责，昼夜的划分，这些不必浪费时间去说。聪明人说话做事总是简单明了，而粗手笨脚、拖拖拉拉，或是花哨的外表，都是叫人讨厌的，所以我说的话还是尽量简短的好。总而言之一句话，我们的王子是疯了，我说他疯了，如果要问什么真正是疯，我也说不清楚。去他的吧！

葛露德　多说实话，少耍花腔！

波洛涅　娘娘，我发誓，这一点也不是耍花腔，他是疯了，真的疯了，真的，但是很可惜，可惜他真疯了，成了一个疯子。再会吧，我并不想耍花腔，但得承认他是疯了。那么，剩下来的问题就是找出他发疯的原因，这就是剩下来的问题。想想看，我有一个女儿——她是我的女儿——她很听话，懂得孝道，她给了我一封信。你们猜猜信是怎样写的。（拿出信来。读信。）

"献给我的天仙，我心灵的偶像，美丽的化身，"——这就是在玩弄字眼了，抽象的美丽怎么可以化成具体的人身呢？不过你们听，下面还有呢："在她纯洁如玉的酥胸中——"

葛露德　这是哈梦莱写给她的么？

波洛涅　好娘娘，你听听，我会照着念的，下面还有一首诗呢：

> "你可以怀疑星星会发光，
> 也可以不信天上有太阳，
> 可以问真理为何不动听，
> 但是不要怀疑我的爱情！

啊，亲爱的莪菲莉，我不会用音韵来写诗，也不会计算痛苦发出的呻吟，但是我献给你的是我的一片真心。啊，最好的人儿，相信我吧！再见了，最亲爱的人儿。只要我的身体还是我能使唤的机器，你就永远在我心里。哈梦莱。"这是我的女儿给我看的信，她还告诉我他如何求她，在什么时间、什么地方，用什么方法，都一一说给我听了。

国　王　她如何接受他的爱情呢？

波洛涅　主上觉得我这个人怎么样？

国　王　你是个忠实可靠、令人尊敬的好人。

波洛涅　我真希望如此。但是您哪里想得到，当我看到他们这对热恋的情人展翅高飞的时候——我不得不告诉二位：在我女儿让我知道以前，我就是这样看他们的。——我的主上，还有我敬爱的王后娘娘，你们认为我会装聋作哑，像一张书桌或桌上的书本一样一声不响、满不在乎地眨眨眼睛看着他们搞恋爱吗？我可不是这样。没有转弯抹角，我就对她直说："哈梦莱殿下是王子，是可望而不可即的星辰。这事不能进行下去了。"于是，我就叫她关起门来不见他，也不见信使，也不接受他送来的东西。她接受了我的劝告，但他一遭到拒绝——长话短说吧——先是闷闷不乐，然后不吃不喝，再后是睡不着觉，身体软弱无力，头重脚轻，最后落到疯疯癫癫、胡言乱语的地步，这就是我们担心的事了。

国　　王　你认为是这个缘故吗？

葛露德　很有可能。

波洛涅　有没有出现过这种情况——我说事实如此的时候，事实却并非如此呢？

国　　王　就我所知，还没有出现过。

波洛涅　如果事实并非如此，那就等于脑袋和身体分家了。

（指指自己的脑袋和肩膀。）如果情况真是如此，即使事实真相藏得再深，深入地心去了，我也要找出来。

国　王　怎样深入呢？

波洛涅　您知道他有时在走廊里走来走去，一走就是三四个钟头。

葛露德　的确是这样。

波洛涅　这时，我可以放我的女儿去见他，主上和我可以在帷幕后看他们如何会面。如果他不爱她，不是为了她而失去理智，那我这样说的人怎能助理国家大事？还不如回老家去种地呢！

国　王　我们可以试试看。

（哈梦莱上，正看着一本书。）

葛露德　瞧，这个可怜人看书的样子，看了叫人心酸。

波洛涅　请你们二位回避一下，我要上前去问问他。啊，对不起了。

（国王与王后下。）

——怎么样了，我的好殿下？

哈梦莱　好的，天可怜我！

波洛涅　殿下认得我吗？

哈梦莱　认得，认得，你是个卖鱼的小贩。

波洛涅　不是，殿下。

哈梦莱　那我希望你和卖鱼人一样老实。

波洛涅　老实，殿下？

哈梦莱　唉，在这个世界上要找老实人，万里挑一就不错了。

波洛涅　说得不错。

哈梦莱　太阳晒着死狗也会晒出蛆来。太阳晒也是吻呀！——你有一个女儿，是吗？

波洛涅　殿下，有的。

哈梦莱　叫她不要在太阳下走动，晒太阳也会怀孕的，怀孕并不像你女儿想的那么好。老兄，要当心呀！

波洛涅　他这样说是什么意思？怎么三句话不离我的女儿？可他开始并不认识我，说我是个鱼贩子，离题太远，太远。不过我年轻时不也一样吗？我再来问问看。——殿下在读什么书？

哈梦莱　空话，空话，空话。

波洛涅　话里说了什么，殿下？

哈梦莱　谁对谁说？

波洛涅　我是问殿下：你读的书说了什么？

哈梦莱　说了等于没说，老兄，这个可笑的家伙说：老人胡子花白，满脸皱纹，眼里流出琥珀黏液，说话没有趣味，两腿软弱无力。老兄，虽然我要用尽平生力气才能搞明白他说了什么，但是我觉得这样写出来未免不太老实。因为，老兄，假如你能像螃蟹一样横着走，倒退到我这个年纪，也就是说，假如你越活越年轻的话，你就会知道我说得不错了。

波洛涅　（旁白）虽然是说疯话，但是并不有伤风化。——殿下是不是怕风？要不要进去了？

哈梦莱　进坟墓去吗？

波洛涅　坟墓里倒不怕风。——（旁白）他的疯话倒不是疯言疯语，内容说得比不疯的人还更丰富深刻。我要离开他去安排他和我女儿的会见了。——尊敬的殿下，我要向你告辞了。

哈梦莱　你不能要我告辞我不愿意离开的东西，除了这个世界，除了我的生命。

波洛涅　再见吧，殿下。

哈梦莱　讨厌的老傻瓜。

（罗森兰和吉登丹上。）

波洛涅　你们要找哈梦莱殿下，他就在那儿。

罗森兰　（向波洛涅）上帝保佑，大人！

（波洛涅下。）

吉登丹　我敬爱的殿下！

罗森兰　最亲爱的殿下！

哈梦莱　两个我最要好的朋友，你怎么样，吉登丹？啊，罗森兰，好小伙子，你们两个怎么样？

罗森兰　是两个不好不坏的庸人罢了。

吉登丹　说幸福吧，我们不算太幸福，不是命运女神王冠上的宝石。

哈梦莱　也不是她脚底下的泥巴。

罗森兰　两样都不是，殿下。

哈梦莱　那你们是在她的腰部，她那见不得人的地方了。

吉登丹　你说是见不得人的阴巢？

哈梦莱　命运女神的阴道。啊，你说对了。她其实是个卖身的女人。有什么消息吗？

罗森兰　没有，殿下，只是世界似乎变老实了。

哈梦莱　那么，世界的末日快到了。你的消息不太可靠。我来细细问问你们，我的好朋友，你们怎么得罪了命运女神，把你们送到监狱里来了？

吉登丹　你说监狱，殿下？

哈梦莱　不错，丹麦是一座监狱。

罗森兰　那么世界也是一座了。

哈梦莱　世界是一座大监狱，里面有许多牢房，土牢、水牢，丹麦是最糟糕的一座。

罗森兰　我们不这样看，殿下。

哈梦莱　那是怎么啦？怎么对你们不是监狱呢？也对，其实好坏都是各人的看法，你觉得好就好，觉得坏就坏，我却觉得丹麦是一座监狱。

罗森兰　那么，是不是你的雄心太大，觉得丹麦太小，不能实现你的雄心壮志呢？

哈梦莱　啊，天哪，我可以关在一间小室中把自己当作一片广大国土的帝王，只要我在室内不做噩梦就行了。

吉登丹　梦想其实也是雄心的表现，雄心的实质不过是梦想的幻影而已。

哈梦莱　梦想本身也是一个幻影。

罗森兰　不错,我认为雄心是虚无缥缈、轻飘飘的,更是幻影的幻影。

哈梦莱　那么,乞丐是真正的人,帝王和英雄反而是真人扩大了的影子。我们进宫去吗?说实话,我不能在这里空谈人和影子呀。

罗森兰、吉登丹　我们听候您的吩咐。

哈梦莱　没这回事,我不能把你们当成来侍候我的人。说老实话,他们已经侍候得我害怕了。老朋友说话不必客气,你们为什么到艾西诺来?

罗森兰　来看望你呀,殿下,没有别的事情。

哈梦莱　我是一个乞丐,连"感谢"都施舍不起了,而对老朋友,我的施舍其实一文不值。你们不是被人请来,而是自己要来的吗?打开窗子说亮话,来,来,说吧。

吉登丹　说什么呢,殿下?

哈梦莱　什么都行,只要不是空话。你们是派来的吧?你们脸上客气的表情掩饰不了真实情况,我猜你们是国王和王后请来的。

罗森兰 （对吉登丹旁白）你看怎么说好？

哈梦莱 （旁白）不要瞒我，我盯着你们呢。——如果你们够朋友的话，就不要隐瞒吧。

吉登丹 殿下，我们是奉命来的。

哈梦莱 我来说破你们奉了谁的命，免得你们泄漏秘密，让国王和王后的话暴露在光天化日之下。我最近——自己也不知道为什么——对什么都感觉不到乐趣。对一切习以为常的活动都觉得无可奈何，一切安排都沉重地压在我心上，茫茫大地似乎成了荒无人烟的天涯海角，像天幕一样高高挂起的万里长空，在金光灿烂的夕阳斜照下的天帐，你们看，为什么在我眼中却成了烟雾腾腾、死气沉沉、奄奄一息的黑夜暗影？人是多么了不起的天生地造的万物之灵，理性其高无上，力量其大无穷，一言一笑令人动容，一举一动令人倾倒。行动有如天使，智慧犹如天神，尽美尽善的典型，芸芸众生的模范——但是在我看来，却成了尘土的化身。我对人不感兴趣——女人也不例外。你暗笑什么？

罗森兰　殿下，我没有要笑的意思。

哈梦莱　那我说"对人不感兴趣"的时候，你为什么笑了？

罗森兰　我想到的是：如果殿下对人不感兴趣，那我们在路上碰到来为你演出的戏班子，怎能使你感到有趣呢？

哈梦莱　我喜欢演国王的戏子，那位陛下会受到我的欢迎；不怕危险的武士可以舞刀弄枪，唉声叹气的情人不会没有回音，脾气不好的演员也不会使人生气，小丑更可以使人笑得直不起腰来，女主角可以随意吐露真情，无韵诗念错了拍子也不要紧。他们是哪一班戏子呀？

罗森兰　就是你喜欢的那个戏班子，在城里演悲剧的。

哈梦莱　他们怎么到处奔波演出，不在固定的地方呢？这对赚钱出名都不利呀！

罗森兰　我想这是因为有些城里演戏花样翻新了。

哈梦莱　他们还像过去我在城里时那样受欢迎吗？观众还追着看吗？

罗森兰　不，说实话，不如以前了。

哈梦莱　那是为什么？难道他们懒得生锈了？

罗森兰　不，他们还是老样子，和从前一样卖劲。但是，殿下，新来了一伙年轻的小伙子，他们拼命喊叫，却赢得了雷鸣般的掌声。这就是时兴的新派，他们霸占了戏院的大众舞台——这是他们的称呼——结果很多带剑看戏的高级观众害怕耍鹅毛笔杆的文人讥笑他们落伍，吓得不敢光顾老戏院了。

哈梦莱　怎么，是一些年轻无知的小伙子吗？谁养活了他们？难道他们连唱戏的本领都不要学了？以后还要不要成为普通戏院的戏子呢？——其实他们还是要演戏的——到了那时，他们就要埋怨写剧本的人害了他们，使得能呼风唤雨的好手却不能接班演戏了。

罗森兰　的确，青老戏子双方都争吵得不可开交，全国观众在旁呐喊助威，不以为怪。有时剧本甚至赚不了钱，害得编剧的诗人和戏子大打出手，闹得个天翻地覆。

哈梦莱　这可能吗？

吉登丹　啊，这可伤脑筋呢！

哈梦莱　结果小伙子赢了吗？

罗森兰　赢了，他们胜过了环球大戏院招牌上的赫鸠力士。

哈梦莱　这也不足为奇。我的叔父现在成了丹麦国王，在我父王活着的时候，瞧不起我叔父而对他做鬼脸的人，现在却愿意拿出二十、四十，甚至一百金币来买他的画像小照。这些不自然的事，恐怕哲学家也说不清楚吧。

（欢迎戏班子的鼓乐声起。）

吉登丹　戏班子来了。

哈梦莱　两位仁兄，欢迎你们到艾西诺来。我们握握手吧。这个表面客套的过场还是得走一走，我们总得按规矩办事，否则，等一等招待戏班子的时候——我不得不先给你们打个招呼——我在外表上一多下功夫就会显得亏待你们二位了。可是我的叔父成了我的父王，我的母亲反而成了我的婶婶，这恐怕就搞错了。

吉登丹　怎么错了呢？

哈梦莱　如果西北方发风，我就要发疯了；如果风从南方吹来，我却不会发疯，反而分得清老鹰和鹭鸶呢。

（波洛涅上。）

波洛涅　你们好，诸位。

哈梦莱　听，吉登丹，你也听，罗森兰——每只耳朵都要做听众。你们看，那个老孩子还穿着开裆裤呢。

罗森兰　说不定他是返老还童了。据说老人还有第二个青春期。

哈梦莱　我猜得到，他是来告诉我戏班子来了。（假装正在谈话。）——你说得对，老兄，那就星期一上午吧，一般都是这样。

波洛涅　殿下，我有消息奉告。

哈梦莱　大人，我也有消息奉告，名震罗马的老戏子——

波洛涅　戏班子真来了，殿下。

哈梦莱　算了，算了。

波洛涅　我发誓——

哈梦莱　一个傻戏子骑一头笨驴来了——

波洛涅　他们是天下最好的戏子，会演悲剧、喜剧、历史剧、田园剧、田园喜剧、田园历史剧、历史悲剧、田园历史悲喜剧、不分场景的老戏或者自由发挥的新诗剧。悲剧不怕沉痛，喜剧不嫌轻浮，剧作者有的循规蹈矩，有的完全自由，不受规则限制，真是独一无二的戏班子。

哈梦莱　以色列的士师耶夫达啊，你有多么可贵的珍宝！

波洛涅　他有什么珍宝，殿下？

哈梦莱　怎么，你不知道？《圣经·士师记》中不是说了么：

　　　　"他有一个女儿真好，
　　　　他总把她当作珍宝。"

波洛涅　（旁白）三句不离我的女儿。

哈梦莱　难道我说错了，老士师？

波洛涅　如果你叫我做"士师"，殿下，我倒的确有个宝贝女儿。

哈梦莱　不对，《圣歌》下面不是这样说的。

波洛涅　那是怎样说的呢，殿下？

哈梦莱　下面接着唱的是：

"天知道：命不好，"

后面的，你知道就是：

"出了事，真糟糕！"

再下面就要看《圣歌》第一节了。不过，对不起，打断我们说话的人来了。

（四五个戏子上。）

欢迎。各位高手，欢迎，不管新手老手。——很高兴看到你。——欢迎，好朋友。——啊，我的老朋友，你怎么长起胡子来了？那怎么好演女角呢？难道要捋丹麦王的胡须吗？——我身高一丈的女主角，你一穿高跟木靴，离天就只有三尺三了。——谢天谢地，你破锣般的嗓子不能再惊天动地了。各位高手，不问手高手低，一律欢迎。你们更像法国的猎鹰，看到哪里有猎物，就飞到哪里去。让我们来念一段台词，显显你们的本领吧。要念得慷慨激昂啊。

一戏子　哪段台词呀，殿下？

哈梦莱　我听你念过一段台词，但是从来没上演过；即使演出，也不会超过一次，因为我记得，这个剧本不讨大家喜欢。——不过我却能够接受,还有欣赏力比我更高的人喊"欢迎"喊得更加响亮——他们说这个剧好极了,场场值得玩味,写得既不花哨,却又显得巧妙。我记得有人说过:这个剧本并没有加料调味,也没有显示剧作者感情丰富的文字,用的只是朴实无华的写法,像一种既果腹又可口的美食,内在的魅力多于外表的美丽。我特别喜欢的一段台词是特洛亚王子伊尼斯对迦太基王后狄托讲霹洛斯杀死特洛亚老王的那一段。如果你还记得,请你从这一行念起:

"桀骜不驯的霹洛斯有如猛虎,"

不对,是以"霹洛斯"开始的这一行:

"桀骜不驯的霹洛斯身披铁甲,"

下面就是:

"外表和内心黑黝黝如同深夜,
他藏身在生死攸关的木马中,
阴森可怕的脸孔染上了血污,
从头到脚都带着恐怖的纹章,

　　　　　　每条纹路都发出刺眼的红光，
　　　　　　那是父母子女们洒下的鲜血。
　　　　　　战火烤干了街上的片片血迹，
　　　　　　使残暴的屠杀露出可诅咒的
　　　　　　暗光阴影：怒火中烧的霹洛斯
　　　　　　浑身上下沾满了凝结的污血，
　　　　　　眼睛冒出地狱中的腾腾杀气，
　　　　　　正在寻找老王。"
　　　　我就念到这里，下面你接着念吧。

波洛涅　　老天在上，殿下念得真好，有高有低，不快不慢。

戏子一　　"他很快就找到了老王普莱暮。
　　　　　　老王的古剑不听胳臂的使唤，
　　　　　　砍下去却砍不进去，一动不动，
　　　　　　怎能伤希腊人呢？真不是对手！
　　　　　　霹洛斯怒冲冲地冲向普莱暮，
　　　　　　他的宝刀风驰电击般地砍向
　　　　　　衰弱的老王，瘫痪了的特洛亚
　　　　　　似乎受到了打击，火光熊熊的
　　　　　　屋顶砰的一声就坍塌在地上，

震动了霹洛斯的耳鼓,他的宝刀
正要落向白发如雪的普莱暮
头上,却似乎突然融化在空中,
霹洛斯像画中的魔王呆立着,
在身和心的矛盾中无能为力,
无所作为。
我们常看到在狂风暴雨之前,
宁静的天空中云彩悄悄无言,
狂风也不怒吼,大地沉默无语,
像死一般沉寂;突然雷声震天,
震得天地开裂;霹洛斯凝神后,
复仇的火焰又在他胸中燃起。
即使独眼巨人为战神铸造的
刀枪不入、万年不坏的铁锁甲
也挡不住霹洛斯落在普莱暮
老王身上的鲜血淋漓的宝刀。
去你的,反复无常的命运女神!
天神啊,把她赶下她的神位吧!
摧毁命运女神的车轮和轮盘,
把她的大车推到天山之下去,

　　　　　　让它见鬼去吧！"
波洛涅　这一段太长了。
哈梦莱　和你的胡须一样长，也应该去理发店了。——请你念下去吧，大人只爱听轻松的小调和下流的歌曲，否则就要打瞌睡了。你念下去，该念到"王后"了。
戏子一　"无论什么人见了蒙面的王后——"
哈梦莱　"蒙面的王后"。
波洛涅　说得好，好一个"蒙面的王后"。
戏子一　"光着双脚在火焰中跑来跑去，
　　　　满眼流泪，一块破布遮在头上
　　　　代替了过去的冠冕；至于王袍，
　　　　在生儿育女、瘦弱疲惫的身上
　　　　披着惊慌失措中抓到的毛毯，
　　　　谁看到这惨状能不张口结舌，
　　　　咒骂这善恶不分的命运女神？
　　　　如果天神能像王后亲眼目睹
　　　　霹洛斯如何把生命当作儿戏，
　　　　用刀把老王的肢体剁成肉酱，
　　　　天神也会像她一样痛哭失声——

　　　　　　否则他们就是完全不通人情——
　　　　　　天河里的星星都会化为泪珠，
　　　　　　倾盆降落人间。"
波洛涅　瞧，他的脸色变了，看看他眼睛里有没有泪水？你们不要再念下去了。
哈梦莱　那好，等一等你再给我念吧。——好大人，请你好好安排一下戏班子住的地方，要让他们吃得好、住得好，因为他们能把几千年的往事缩成几个钟头的现实。一个人死后的名声并不重要，但是若在生前受到剧中人一顿刻薄的讥讽，那就吃不消了。
波洛涅　殿下放心，我不会亏待他们的。
哈梦莱　我的小上帝呀！若不亏待，哪个人不该挨上一顿鞭子？你亏待了你自己吗？若不亏待别人，只不过显得你对人对己都很宽宏大量而已。带他们走吧。
波洛涅　来吧，诸位老兄！
　　　　（波洛涅下。）
哈梦莱　跟他走吧，朋友们，我们明天还要听你们一出戏呢。

（对戏子一）老朋友，你能演《公子戈谋杀案》吗？

戏子一　能演，殿下。

哈梦莱　我们明天晚上演吧。如果情况需要，我可能要加上十几行台词，你能背下来吗？

戏子一　能背，殿下。

哈梦莱　那非常好。跟那位大人走吧。注意不要和他开玩笑。

（众戏子下。）

（对罗森兰和吉登丹）两位好朋友，我们今晚再见吧。欢迎你们到艾西诺来。

（罗森兰和吉登丹下。）

（哈梦莱一人留场上。）

哈梦莱　再见。——现在只剩下我一个人了。啊，我真是个混蛋，是个奴才。瞧，戏子多么神通广大，在一个虚构的故事里，在一场热情的梦幻中，他能够把灵魂融入角色，从心所欲地使脸孔变色，热泪盈眶，神魂颠倒，声音哽咽，使整个外形的一举一动都符合他内心的要求！而这些得来全不费工夫，就演出一个特洛亚王后贺苦芭来了。贺苦芭和他有什么关系？他和贺苦芭又有什么关系？他为什么要为王后痛哭流泪？如果他有我这样悲痛的心情，又会怎样表现出来？恐怕要用泪水淹没舞台，用可怕的语言穿透听众的耳朵，使有罪的人吓得发疯，使无罪的人也惊慌失措，使无知的人觉得莫名其妙，使耳目都能发挥意想不到的功能吧。而我呢，我却成了一个昏头癫脑的笨蛋，一个梦中度日的闲人。深仇大恨没有在我心中生根发芽，剥夺我父王生命和王国的恶贼没有得到惩罚，使我遭受到无比痛苦的惨败。难道我是一个懦夫？难道不该叫我"坏蛋"？不该打破我的脑袋，把我的眉毛胡子一把抓，撒在我的脸上？难道不该拧我的鼻子？不该骂我说谎？不但在喉咙里，甚至在肺叶的呼吸中都有谎言！哈，怎么，我非接受现实不可。有什么办法呢？我胆小得像鸽子，没有勇气去反抗残酷的压迫，否则，我早就该把这恶棍开肠破肚，用他的心肝五脏来喂饱翱翔天空的饿鹰了；血淋淋、恶狠狠的坏蛋，荒淫无耻、大逆不道、狼心狗肺、无恶不作的坏蛋！啊，我怎能不报仇呢！怎么，难道我是一头笨驴！唉，父王被篡权夺位了，虽然天堂地狱都在催促王子报仇雪恨，他却像一个泼妇骂街、厨娘泼水似的把肚子里的旧怨新恨都连咒带骂抖搂了出来，这算是什么本领啊！去你的！动动脑筋吧，听说罪人看戏被剧情打动，忽然良心发现，会暴露出他的真实面目，因为谋杀虽然不用语言，无声的表情却会泄漏谋杀的秘密。我要这些戏子在叔父面前演出父王的悲剧，我好察言观色，注意他的表情，只要他一惊慌失措，我就自有办法。不过，我见到的阴魂会不会是魔鬼化身的呢？我可不能上当受骗，一定要有可靠的证据才行。我相信演戏可以揭露隐藏在国王内心深处的真实情况。

（下。）

第 三 幕

第一场

艾西诺皇家城堡

（国王、王后葛露德，波洛涅、莪菲莉、罗森兰、吉登丹等上。）

国　王　你们有没有婉转地了解他为什么这样疯疯癫癫地打发他平平安安的日子？为什么有平坦的大路他不走，却偏偏要走上崎岖不平、危险不安的小路呢？

罗森兰　他的确承认自己有一点失常，但是因为什么原因，他却一点也不肯透露。

吉登丹　我们试探的时候，他也不肯迈进一步，只是巧妙地装疯卖傻，把我们的问题扯开，不肯坦白说出他的真实情况来。

葛露德　他对你们态度好吗？

罗森兰　非常彬彬有礼。

吉登丹　但是看得出，他是下了功夫的。

罗森兰　他似乎不肯提问。但是回答问题却很随便。

葛露德　你们有没有问他怎样消遣？

罗森兰　娘娘，恰巧我们在路上碰到一个戏班子，我们告诉他的时候，他的确显得很开心。戏子已经到宫中了。我听见他要求他们今夜演出。

波洛涅　是的，他还要我请二位主公去听戏，看他们演出呢。

国　王　那我满心欢喜，非常高兴听到他对演戏还有兴趣。希望二位能敲敲边鼓，鼓起他对这些娱乐的劲头。

罗森兰　我们会尽力的，主公。

（罗森兰、吉登丹等下。）

国　王　亲爱的葛露德，你先走吧。我已经特意要哈梦莱到这里来，让他无意中碰到莪菲莉，而她的父亲和我却在他们看不到的地方观察他们，要从他们这次无意的会面中，看看他这样痛苦得疯疯癫癫，是不是为了爱情的缘故。

葛露德　那我自然乐于听命了。至于你呢，莪菲莉，我希望你的天生丽质是哈梦莱失常的原因，更希望你温柔的品质能使他恢复正常，使你们两人能得到幸福。

莪菲莉　娘娘，但愿是这样。

（葛露德下。）

波洛涅　莪菲莉，你在这里一边走，一边读书。

（给莪菲莉一本书。）

主公，我们要回避一下了。——读书可以为孤单的生活增光添彩——正如甜蜜的外表可以掩饰魔鬼的内心一样。

国　王　（旁白）说得对！这句话简直刺到了我的内心深处，卖笑女脸上无论怎样涂脂抹粉，也美化不了她丑陋的内心，漂亮的言语又怎能掩饰我的所作所为呢？这个负担实在太沉重了。

波洛涅　我听见他来了，我们回避一下吧，主公！

（国王与波洛涅退至一旁。）

（莪菲莉一面走，一面读书。）

（哈梦莱上。）

哈梦莱　要不要这样过日子？真是难了。到底是让残酷的命运万箭齐发，穿心透背，还是狠下心来跳下苦难的海洋，做拼命的挣扎？到底哪样好些？死亡就是长眠，不过如此而已——长眠结束了肉体所经历的千难万险，那不是求之不得的好下场吗？死亡不过是长久的睡眠，但是睡眠还可能会做梦，唉！这就麻烦了，在死后的长眠中，我们已经摆脱了肉体的束缚，还会有什么噩梦来扰乱我们的安宁呢？对死后苦难的恐惧却使我们宁愿长期忍受生前的苦难。否则，谁愿意忍受时代的鞭挞嘲讽，强者的欺凌，骄横跋扈者的侮辱，高傲恋人的蔑视，法律不公正的对待，官府高高在上的压迫，欺善怕恶的卑鄙小人的讥刺？假如他只消举手之劳就可以一刀结束自己的生命，谁还愿意忍辱负重、汗流浃背，过着疲惫不堪的生活？如果不是对这一去不复返的死亡之国感到无名的恐惧，谁会忍气吞声、接受现实的生活，而不展翅高飞去到那一无所知的他乡呢？这样看来，重重顾虑使我们胆小如鼠，思前顾后又给火热的决心带来愁眉苦脸的病容，甚至不可一世的事业心面对汹涌的浪潮，也不得不知难而退，失去了行动的意志。现在，小声一点。那不是美丽的莪菲莉吗？——仙女啊，希望你祈祷时也为我赎罪吧！

莪菲莉　我的好殿下，你这些日子过得怎么样？

哈梦莱　非常谢谢，很好，很好，很好。

莪菲莉　殿下，我收到过你赠给我的纪念品，我早就想送还给你，现在请你收回去吧。

哈梦莱　不要，不要，我从来没给过你什么呀！

莪菲莉　我敬爱的殿下，我清楚地记得你给过我的纪念品，并且说了一些甜言蜜语，使纪念品更可贵了；但是纪念品的香气一消散，贵重的礼品也就失去了意义，变得微不足道了，所以请你收回去吧。就是这些，殿下。

哈梦莱　哈，哈，你有美德吗？

莪菲莉　殿下？

哈梦莱　你有美貌吗？

莪菲莉　殿下是什么意思？

哈梦莱　如果你有美德又有美貌，美德就不会容许别人破坏你的美貌。

莪菲莉　殿下，难道还有什么比美德更能保护美貌的吗？

哈梦莱　对，说得不错，但是美貌有力量使美德的笑脸变成卖笑的脸孔，而美德却没有力量使卖笑女变成有德的美人。这话听起来似是而非，但是现在事实证明确实如此。我是爱过你的。

莪菲莉　的确，殿下，你也使我相信过这是事实。

哈梦莱　你那时不该相信我，因为美德并没有使我的老根发出新芽：我并没有爱过你。

莪菲莉　那我就是加倍受骗了。

哈梦莱　做尼姑去吧！为什么要生儿育女，制造罪人呢？我的美德微不足道，只怪我的母亲不该生下我来，我这个人自高自大、恨人不恨自己、心比天高、口比心快，心里还没想到，嘴上就得罪人了。我这样的人有什么用？还不如天地间一只爬虫。我们是彻头彻尾的奴才,千万不要相信我们!你要是不做尼姑,做个卖笑姑娘也好。你的父亲呢?

莪菲莉　在家里呢,殿下。

哈梦莱　把家里的大门关上,让他在家里装疯卖傻吧!再见了。

莪菲莉　啊!老天开眼,救救他吧!

哈梦莱　如果你要结婚,我送你的嫁妆就是诅咒,咒你冰清玉洁,也逃不脱污蔑诽谤。还是不如做尼姑好。再见!如果你一定要结婚,那就嫁个傻瓜去吧!因为聪明的丈夫知道你会使他变成怎样的乌龟王八,所以还是做尼姑去吧,走得越远越好!

莪菲莉　老天在上,他怎样才能复原呢?

哈梦莱　我听说你会涂脂抹粉,那好。上帝给了你一张脸,你自己又打扮了另外一张:走路扭扭捏捏,说话装腔作势,把人当作畜生,把放荡说成是对美德的藐视。去你的吧,不要再来这一套,我都被逼得快要发疯了。我说,不要再结婚了,已经结了婚的,除了一个例外,就这样活下去吧。没有结婚的就不要结婚了。做尼姑去吧!

(哈梦莱下。)

莪菲莉 啊,高尚的心灵践踏在脚下,大人的眼睛、文人的口舌、武人的刀锋,国家的玫瑰和希望,时代的明镜,理想的典型,在众目睽睽的注视下消失得无影无踪了。我这个幸运又不幸的女人舔吸过他音乐般甜蜜的誓言,现在却亲眼目睹他的理智土崩瓦解,亲耳听到他银铃般的声音变得走调而刺耳,如花盛开的青春受到疯狂的蹂躏摧残。啊,多么不幸,而这却是我亲眼所见、亲耳所闻的啊!

(国王、波洛涅从旁上。)

国　王 爱情吗?不像是他感情的趋向,他说的话虽然有点颠三倒四,但也不像发疯发癫。他心灵中的忧郁正在孕育着危险。为了避免发生灾祸,我看要尽快派他到英国去,去催索迟迟没有送来的财物。也许海外的异国风光可以解除他积郁心头的苦闷,使他不再纠缠于烦恼之中。你看怎样?

波洛涅　我看很好。不过,我想他苦闷的根本原因,还是爱情上没有得到满足。——莪菲莉,你不用告诉我们哈梦莱殿下说了什么,我们都听见了。——主公,您看怎么办好就怎么办吧。不过,如果在演戏之后,让他的母后单独和他谈谈,直截了当问他苦闷的原因,而如果主公许可的话,我可以隐蔽地听他们母子谈话。如果王后也问不出个所以然来,主公再派他去英国,或者把他禁闭在一个合适的地方,您看好吗?

国　王　就这样吧。

　　　　大人物发疯不是小事情,

　　　　我们千万不要掉以轻心!

　　　　(同下。)

第 三 幕

第二场

艾西诺皇家城堡内

（哈梦莱同二三戏子上。）

哈梦莱　请你们灵活自如地念台词，就像我刚才那样念；如果你们像很多戏子那么大声喊叫，那我还不如找个做广告宣传的人来演戏呢。还请你们不要老是挥舞手臂，仿佛要把空气劈开似的，即使是表演暴风雨般的感情冲动，也不要演得像雷鸣闪电一般，而是要使观众能在静中见动，才算高人一等。最使我生气的是看到戴假发的家伙把自己的心撕成破布碎片，发出震耳欲聋的叫喊，其实只能讨好喜欢看哑剧的低级观众，真气得我要打这家伙一顿鞭子，因为他演的暴君比真正的暴君还要残暴三分。

戏子一　我敢说我们不会演得那样过火。

哈梦莱　但是也不能演得太平淡了，而是要掌握好分寸，边演边学，一举一动都要配合台词，一言一语也要配合表演，特别要注意不能超越自然的限度，因为过火和不足都不能达到演戏的目的。无论过去还是现在，演戏的目的都是要给自然或现实照照镜子，要给德行看看自己的面目，傲慢看看自己的嘴脸，时代和社会看到自己整体的形象和受到的压力。表演过火或者拖泥带水，虽然可以博得无知观众的一笑，却会使有识之士感到痛心。你们应该把后者的批评看得重于前者的满堂掌声。啊，我虽然看过一些戏子演出，听过一些得到好评的高手朗诵——不谈那些过誉的言辞——在我看来，一些演基督徒的说话走路都不像基督徒，演异教徒的也不像异教徒，甚至人都不像是人，只是一些戏子在台上大喊大叫，装模作样，毫不自然，像是在自然界打短工的人没有做完的半制成品。怎么能造得如此不像样呢！

戏子一　希望我们的戏子不是这样的。

哈梦莱　啊，希望你们真能改头换面。演丑角的只念丑角的台词，不要自己添加笑料，引起一些低级观众的笑声，却破坏了剧中更重要的情节，这样节外生枝是愚昧无知的表现。现在，你们可以走了，好好准备演出吧！

（众戏子下。）

（波洛涅、罗森兰、吉登丹上。）

（对波洛涅）怎么样，大人？国王会来听戏吗？

波洛涅　王后也要听戏，就要来了。

哈梦莱　那要戏子快准备演出吧！

（波洛涅下。）

（对罗森兰、吉登丹）你们二位也去帮忙催催他们，好吗？

罗森兰、吉登丹　好的，殿下。

（罗森兰、吉登丹下。）

（贺来霄上。）

哈梦莱　啊，贺来霄来了。

贺来霄　是的，殿下，来听您的吩咐。

哈梦莱　贺来霄，在我见过的人当中，你是最公正老实的一个。

贺来霄　啊，我的好殿下。

哈梦莱　不，不要以为我是在说恭维话。为什么我要恭维一个靠才华提供衣食的学人？吹捧一个贫穷的才子对我有什么好处呢？让那些口吐甜言蜜语的小人去巴结有名无实的人物，让他们弯腰屈膝去舔那些金玉其外、粪土其中的名人屁股吧！摇尾乞怜能得到什么好处呢？你听见没有？自从我的心灵能够分辨是非好歹以来，我就看中了你，因为你在经历苦难的时候都能恍若无事，对于命运的赏罚，你却能无动于衷，沸腾的热情和冷静的理智在你身上兼容并存，合二为一，真是齐天大福，说明你心中的情理合奏曲并不是命运女神随手拨弄管弦而发出的乐章。如果一个人不是情感的奴隶，我就要把他珍藏在心灵深处，而我和你就正是如此心心相印，这就不必多说了。今晚，要在国王面前演一出戏，其中有一场很像我告诉过你的我父王惨遭谋害的情况。我请你在看那一幕的时候，集中全副精力观察我的叔父，如果他的一言一语都不暴露他隐藏内心深处、不可告人的罪恶行径，那我们看到的那个阴魂所说的话就未必可靠，我的想象也要变得一塌糊涂，像火神的铁匠店一样一团漆黑了。请你密切注意他的表现，我的眼睛也会盯住他的面孔，然后我们再一起商量，揭穿他的内心。你看如何？

贺来霄 很好，殿下。如果他做了亏心事，而想在看戏的时候蒙混过关，我一定会把好关口的。

（国王、王后、波洛涅、莪菲莉、罗森兰、吉登丹及众大臣上。卫队手执火炬，奏丹麦进行曲，鼓乐齐鸣。）

哈梦莱 他们来看戏了。我又要装疯了。你自己找个位子吧。

国　王 哈梦莱贤侄，你好吗？

哈梦莱 好极了，说实话，像变色龙一样吃饱了空气，又给空话塞饱了。填鸭子也不能只填空话呀！

国　王　我怎样理解你的回答呢？哈梦莱，你回答的不是我的问题呀。

哈梦莱　不是，也不是我的问题。——

（对波洛涅）你在大学里演过戏，是吗？

波洛涅　的确演过，殿下，大家还说我演得好呢。

哈梦莱　你演什么角色？

波洛涅　我演朱力斯·凯撒，在天王殿给布鲁达谋杀了。

哈梦莱　布鲁达真恐怖又鲁莽，怎么宰了天王殿的肥牛呢！——戏班子准备好了没有？

罗森兰　好了，就等殿下吩咐呢。

葛露德　我的好哈梦莱，坐我旁边来吧。

哈梦莱　不，好妈妈，（指着莪菲莉身边。）这个位子更舒服。

波洛涅　（对国王）啊，您看对不对？

哈梦莱　小姐，我可以躺在你怀里吗？

莪菲莉　不好，殿下。

哈梦莱　我的意思是仰面躺在你的腿上。

莪菲莉　嗯,殿下。

哈梦莱　你以为我是在说乡下人的粗话吗?

莪菲莉　我没有想什么,殿下。

哈梦莱　我想躺在美人怀里是很美的。

莪菲莉　什么,殿下?

哈梦莱　没有什么。

莪菲莉　殿下在开玩笑。

哈梦莱　谁呀?我吗?

莪菲莉　嗯,殿下。

哈梦莱　我是唯一敢在你面前说说笑笑的人。一个人除了说笑之外,还能做什么呢?瞧!我母亲多么高兴,我的父亲才死了两个钟头呢!

莪菲莉　不止,殿下,两个月加一倍的时间都过了。

哈梦莱　有那么久么?让魔鬼穿黑衣丧服去吧!我还是宁可穿黑色貂皮大衣呢。啊,我的天呀!已经死了两个月了,还没有被人忘记吗?那么,一个大人物死后,还是可以在记忆中活上半年的。不过,那还得要修个教堂,才能纪念自己,否则,就要像孩子骑过的木马一样给人忘记了。

（双簧管奏乐。哑剧上演。）

（演国王和王后的戏子互相拥抱，亲亲热热地上场。王后跪下表示忠诚，国王扶起王后，低头吻王后颈；国王卧花台上；王后见国王入睡后离去。一男子上，脱下国王王冠，作出吻王冠状，再把毒药注入国王耳内，然后离去。王后重上，发现国王已死，做出悲痛动作。放毒者带二三戏子上，伪装与王后同哀。国王遗体抬走，放毒者献上礼物，向王后求爱，王后先不同意，最后还是接受对方，一同下场。）

莪菲莉　殿下，这是什么意思？

哈梦莱　啊，这是存心不良，图谋杀害。

莪菲莉　哑剧好像预告了要演出什么。

哈梦莱　看看这些戏子就可以知道，戏子是不会保守秘密的，他们知道什么，就会说出什么。

莪菲莉　他们会说出哑剧要演出的意思吗？

哈梦莱　只要你不怕难为情做得出来的事，他们都说得出来。

莪菲莉　殿下说调皮话了；我还是看戏吧。

（报幕人上。）

报幕人　今晚来演戏，

　　　　弯腰先行礼，

　　　　要讨您欢喜。

哈梦莱　这是开场白，还是戒指上的小诗？

莪菲莉　太短了，殿下。

哈梦莱　像女人的爱情一样。

（演国王和王后巴蒂达的戏子上。）

戏中王　太阳神的飞车三十年来来回回，

　　　　越过海神和大陆神的千山万水。

　　　　三百六十个月夜借来一片光辉，

　　　　十二个月的良宵美景令人心醉。

　　　　爱情使我们心心相印，比翼齐飞；

　　　　婚姻女神让我们结合，夫唱妇随。

巴蒂达　但愿太阳和月亮能够继续远航，

　　　　我们的恩爱也可同样地久天长。

　　　　但是多么不幸：你近来身体多病，

　　　　不像过去的你，怎叫我能不担心？

　　　　怎叫我能不担心？我是这样不幸！

　　　　但是夫君不要泄气，要打起精神！

　　　　　因为女人的担心就像她们的爱情，
　　　　　不是重得过分，就是轻得等于零。
　　　　　要知道我多爱你，担心就是证明：
　　　　　我越对你担心，就越说明爱得深。
戏中王　说老实话，我恐怕不能久留人世，
　　　　　我的生命力衰竭，有如老树枯枝。
　　　　　你还可以留在我遗下的世界里，
　　　　　受到敬爱，如果能再结成连理——
巴蒂达　啊，不要再说下去，说下去我不听。
　　　　　再婚的爱情岂不是违背了良心？
　　　　　嫁第二个丈夫的女人真该诅咒，
　　　　　那简直是杀第一个丈夫的凶手。
哈梦莱　（*旁白*）苦也，苦也。
巴蒂达　为什么要嫁第二个丈夫？那动机
　　　　　不会是爱情，只能是个人的利益。
　　　　　同第二个丈夫在床上寻欢作乐，
　　　　　岂不是对第一个丈夫行凶作恶！
戏中王　我相信你说的话就是你的思想，
　　　　　但行动才能证明言语不是虚妄。
　　　　　我们的意图不过是记忆的奴隶，

开始热情洋溢，结果却软弱无力，
就好像树上不成熟的果子一样，
果子成熟了，不摇树也会落地上。
但最重要的是，我们不能够忘记
我们怎样做才能算对得起自己。
感情冲动时我们提出过的建议，
等到感情淡了，往往会置之不理。
不要过分悲哀，也不要过分欢喜，
过分的东西实现时会摧毁自己。
欢天喜地往往会带来痛哭悲啼，
世界不会永远不变，变化不足为奇。
我们的感情怎能不随命运转移？
这个问题要等待事实才能证明：
是爱主宰命，还是命运主宰爱情？
大人物一倒，拍马的人立刻分手；
穷人一走运，敌人也变成了朋友。
这样看来，爱情总是听命于幸运，
不缺钱财的人也总是朋友成群。
缺衣少食的人想和人称兄道弟，
势利眼会把他一脚就踢倒在地。

　　　　　让我们结束时回到开始的话题：
　　　　　命运不会符合个人的主观希冀。
　　　　　我们的如意算盘怎能打得如意？
　　　　　想法落空后，怎么还能达到目的？
　　　　　你现在虽然说不嫁第二个丈夫，
　　　　　第一个丈夫一死，怎能没有变故？
巴蒂达　假如我一旦做了寡妇又再嫁人，
　　　　　那地会不产粮食，天会没有清晨，
　　　　　白天会没有娱乐，夜里没有安息，
　　　　　我面对的脸孔不会有一点欢喜，
　　　　　我希望的繁荣昌盛会遭到毁灭，
　　　　　我生前死后会受到不断的谴责。①
哈梦莱　如果现在就违背了誓言呢？
戏中王　你发的誓太重，亲爱的，请你先回！
　　　　　我的精神恍惚，需要先休息一会儿。
　　　　　就在这里午睡。
　　　　　（躺花台上。）
巴蒂达　午睡让头脑休息。

──────────

① 朱生豪、卞之琳译本这一段多两行。

但愿没什么能使我们夫妻分离!

哈梦莱　母亲,你觉得这出戏怎么样?

葛露德　我觉得女戏子赌咒发誓有点过头。

哈梦莱　啊,但她说了是算数的。

国　王　你有没有听到他们的争论?有没有说得不对的地方?

哈梦莱　没有,没有,他们不过是开开玩笑罢了。毒死人是开开玩笑,没有什么说得不对。

国　王　这出戏叫什么名字?

哈梦莱　《捕鼠机》。天呀,怎么样?很形象化吧!这出戏是维也纳谋杀案的缩影:男主角的名字是宫扎戈,他的妻子叫巴蒂达,这是一出演坏人的好戏。演坏人有什么关系?叔王和我们都是问心无愧的好人,坏人坏事和我们沾不上边。让那些鞍缰劳顿的老马累得踢后腿吧,我们背上没有伤痛,何必为坏人坏事担心劳神呢?

（出演吕先拉的戏子上。）

这是戏中国王的侄子吕先拉。

莪菲莉　殿下解说得好。

哈梦莱　如果你和恋人演出谈情说爱的哑剧，我也会为你们解说的。

莪菲莉　殿下说话怎么不留情？

哈梦莱　若是留情，怎么叫你呻吟？

莪菲莉　这是留情，还是无情呢？

哈梦莱　不是我不留情，是你选错了情人。——（对吕先拉）动手吧，杀人犯！该死！不要愁眉苦脸了，快动手吧！不要等到老鸦来哭丧着要报仇了！

吕先拉　（唱）心黑手快药又灵，时间再好没有，
　　　　　　　没有一个人看见，还不赶快动手？
　　　　　　　把半夜采来的毒草炼成了毒药，
　　　　　　　巫神三次毒咒使毒药三倍见效。
　　　　　　　你天生的魔力加上可怕的毒性
　　　　　　　可以立刻断送一个好人的性命。

（把毒药灌入戏中国王的耳朵。）

哈梦莱　他在花园里用毒药谋财害命，毒死了国王宫扎戈。这个故事还在流传，是字挑句选用意大利文写出来的。下面你就要看到杀人犯怎样得到宫扎戈妻子的爱情了。

莪菲莉　国王起驾了。

哈梦莱　怎么，放烟火还会吓跑人？

葛露德　王上怎么啦？

波洛涅　戏不要演了。

国　王　拿火炬来，我们走吧。

众　人　火把，火把，火把！

（众下。哈梦莱、贺来霄留场上。）

哈梦莱　　受了伤的母鹿流泪，

　　　　　没受伤的公鹿逍遥。

　　　　　有人失眠，有人入睡，

　　　　　人生总是有哭有笑。

要是运气不好，老兄，我在帽子上插几根羽毛，鞋子上缝个两朵玫瑰花，凭我这点本事，能不能在戏班子里混个差事？

贺来霄　可以混到半个。

哈梦莱　不行，我要一个。

　　　　　因为你知道，我的好朋友，

　　　　　这一片支离破碎的江山，

　　　　　原来是天神做它的领袖，

　　　　　现在却换上了一个——

97

贺来霄　你可以说"一个坏蛋"来押韵。

哈梦莱　好个贺来霄，我看阴魂说的话真是一言值千金。你看是不是？

贺来霄　说得很对，殿下。

哈梦莱　谈到放毒的事？

贺来霄　我看得很清楚。

哈梦莱　啊，哈，来点音乐，吹笛子吧！

　　　　国王不喜欢这出戏，

　　　　这出戏不讨他欢喜。

　　　　来，奏乐吧！

（罗森兰、吉登丹上。）

吉登丹　好殿下，请允许我说一句话。

哈梦莱　老兄，说全本历史都可以。

吉登丹　殿下，国王他——

哈梦莱　啊，老兄，他怎么啦？

吉登丹　他回宫后非常不舒服。

哈梦莱　喝醉了吗，老兄？

吉登丹　不是，殿下，他大动肝火了。

哈梦莱　你这个聪明人怎么不知道肝火要找医生治，找我这个外行用水一浇，肝火如鱼得水，不会越烧越旺吗?

吉登丹　我的好殿下，请你说话不要离题太远，好吗?

哈梦莱　我听你的，老兄，说吧。

吉登丹　你的母后心情非常痛苦，要我来看你。

哈梦莱　欢迎你来。

吉登丹　不，我的好殿下，请你不必客气，如果你能给我一个好好的回答，我就会告诉你你母后的嘱咐。如果不能，请你原谅，我就要回去了，我的事也就完了。

哈梦莱　老兄，我不能。

吉登丹　怎么，殿下?

哈梦莱　我不能给你一个好好的回答，因为我的心有毛病。不过老兄，我能做出的回答，我都可以告诉你，或者不如像你说的，告诉我的母亲，所以闲话少说，谈正题吧！我的母亲，你说——

罗森兰　她是这样说的：你的行为使她感到既惊慌又奇怪。

哈梦莱　那真是一个了不起的儿子了，居然能使他的母亲感到惊奇！不过，接着"惊奇"而来的是什么呢？

罗森兰　她想要你在睡前到她房里去谈谈。

哈梦莱　我当然要去，即使她做了十回母亲，我也要去。你还有什么话要对我说吗？

罗森兰　殿下，你本来对我们很好。

哈梦莱　现在还是一样，这一双又会偷又会扒的手可以作证。

罗森兰　我的好殿下，你为什么心情不好？如果你不打开心扉把不愉快的事告诉朋友，那不是把自己的自由关到大门外去了吗？

哈梦莱　老兄，打开大门，我又能自由到哪里去呢？

罗森兰　国王不是亲口说过要你继承丹麦的王位吗？你还要自由到哪里去？

哈梦莱　唉，俗话说得好："要等青草长，瘦马饿断肠。"

（戏子拿长笛上。）

啊，笛子拿来了，快拿来给我。

（拿起长笛，对罗森兰、吉登丹说。）

我们借一步说说：你们为什么像打猎一样要占我的上风，好像要把我赶下陷阱似的？

吉登丹　啊，殿下，如果我们说话放肆大胆，那都是因为怕发生对殿下不利的事。

哈梦莱　我不太懂你的意思。你会吹笛子吗？

吉登丹　殿下，我不会。

哈梦莱　请你试一试。

吉登丹　请相信我，我真不会。

哈梦莱　我真请你。

吉登丹　我从来没有碰过笛子。

哈梦莱　吹笛子和说谎一样容易：只要用手指按住笛子上的这些音孔，嘴从笛子那头一吹，立刻就会吹出好听的音乐来。看！这些就是笛子的音孔。

吉登丹　但是我吹笛子吹不出音乐来呀，我没有这本事。

哈梦莱　那你们把我看成什么了？你们要把我当作乐器一样玩弄：你们似乎知道我这部乐器有多少音孔，你们要从我心里挖出我的秘密来，你们要试试我的最高音和最低音，听听我这个小乐器里有多少音乐，有多少好听的声音。但是，难道你们以为这比吹笛子更容易吗？你们可以随便把我当作什么乐器，可以使我恼火，但难道你们以为玩弄我比吹笛子还更容易吗？

（波洛涅上。）——上帝保佑你，大人。

波洛涅　殿下，王后请你去她那里，现在就去。

哈梦莱　你看见那片云吗？它有点像骆驼。

波洛涅　天哪，它的确像骆驼。

哈梦莱　我看它更像鬼鬼祟祟的鼬鼠。

波洛涅　它弓起背来也像鼬鼠。

哈梦莱　或者像条鲸鱼。

波洛涅　很像一条鲸鱼。

哈梦莱　那么，我一会儿就去母亲那里。

（旁白）——他们逼我装聋作傻，我已经装到头了。——

我一会儿就去。

波洛涅　那我就去禀告王后。（下。）

哈梦莱　"一会儿"说起来容易。——朋友们，你们去吧。

（众下。哈梦莱留场上。）

现在是夜里和魔鬼打交道最好的时刻了，教

堂的墓地张开了大口打哈欠，地狱也向人间吐出了传染恶疾的呼吸。现在，我可以喝下沸腾的热血，做出白天看了会吓得目瞪口呆的残忍事来。不过，且慢，现在要到母亲那里去。啊，我的心，不要失掉你的本性，永远不要让暴君恶毒的灵魂进入我坚强的胸膛。我可以残忍，但是不能超过天性的范围，我可以说出刀子一样锋利的话，但是我的心和舌头无论说话做事，都不能口是心非。

无论我的言语对她如何伤害，
　　我的心灵也不能够签字表态。（下。）

第 三 幕

第三场

艾西诺皇家城堡内

（国王、罗森兰、吉登丹上。）

国　王　我不喜欢他的行为，让他这样疯疯癫癫在我身边，我也不太放心。所以你们准备好去英国吧，公文很快就会交给你们，让他也和你们同去。一个国王不能有不安全的感觉，而他的疯疯癫癫却随时都在造成威胁。

吉登丹　我们就去做好准备。保护大众的生命和安全是神圣的任务，而大众的安全怎么离得开主公的保护呢？

罗森兰　一个普通人都会尽心尽力保护自己不受危害，肩负着众人生命安全重任的主公自然更要远离这种威胁了。失去一个君主不只是失掉了一个人，而是像个漩涡一样，会把周围的一切都席卷而去，又像高山绝顶上的一个巨大无比的车轮，它滚下来造成的结果是山崩地裂。一个国王叹一口气，引起的会是一片呻吟。

国　王　我希望你们出发时全副武装，并且给这种恐惧戴上枷锁，不让它的飞毛腿自由行动。

罗森兰、吉登丹　我们立即遵命。

（罗森兰、吉登丹下。）

（波洛涅上。）

波洛涅　主公，他到母亲房里去了，我要藏在帷幕后面听他们说什么。我相信王后会好好训他一顿的，正如主公明智地指出的，母亲的天性会袒护儿子。所以要有第三者在旁边听着才妥当。过一会儿再见吧，主公，在你就寝之前，我会再来觐见，并且报告所见所闻的。

国　王　谢谢爱卿。（波洛涅下。）

我滔天的罪行连天上都闻得到臭味了。最古老的诅咒不就是责备杀兄之罪么？我连祈祷都说不出口，虽然心里想说，并且不吐出来不行，但是罪恶比嘴还大，怎么吐得出来？我只能站在原地不动，一言不发，祷告还是留在心里和口里。这只该诅咒的手，沾满了杀害兄长的鲜血，手上的血比心里的血还浓得多，天上的和风细雨怎能把污血洗净，洗得雪白？面对罪恶的脸孔，慈悲又能有什么力量？祷告也只能起两种作用：不是预防犯罪，就是请求赦免罪行。那么，我只有两眼望天，请求赦免我已经犯下的罪行了。但是啊，用什么形式的祷告才能达到目的呢？祈求赦免我的杀兄之罪吗？这不可能，因为我舍不得放弃我犯罪所得到的结果：王冠，宏图大志，还有王后。一个人要保留他犯罪所得到的东西，怎能要求赦免呢？在这个贪污腐败可以为所欲为的世界上，罪恶之手经过镀金之后，可以改头换面，变成公正合法。但是在天上，能像在人间这样贪赃枉法吗？恐怕不能再掩人耳目了吧，一切行动都会呈现出本来的面目，而我们就不得不面对罪恶的青面獠牙而无法逃遁了。那怎么办？还有挽救的余地吗？试试看，忏悔能不能补救于万一？为什么不忏悔呢？忏悔又有什么用？一个人连忏悔都不能，那还能有什么办法呢？啊，简直坏得不能再坏了！像地狱一样黑暗的心！啊，胶着在无底深渊里挣扎的灵魂也不会陷得更深了！救救我吧，天使呀！试试吧。膝盖不要僵着，跪下吧！心弦不要硬得像钢丝，要柔软得像新生婴儿的皮肤，那就好了！（跪下。）

（哈梦莱上。）

哈梦莱 现在动手正好，乘他正在祈祷，只消一剑就完事了。这样送他归天，也就算报了仇。不过还要再想一想：一个坏人毒死了我的父王，而我这个有仇不报的儿子却把这个坏蛋送上天堂。啊，这是雇工付钱，不是报仇雪恨。他对我父亲下手正是乘他酒醉饭饱、人间罪恶之花正在他身上盛开的时候。他这一生的功罪如何审判？只有老天知道，但在我们世俗的眼光看来，罪恐怕也轻不了；而我现在为他报仇，却乘这个坏蛋洗净灵魂准备升天的时候，这不是以德报怨吗？不行，收起我的宝剑，要找一个机会，在他醉醺醺或气冲冲的时候，在床上寻欢作乐、胡作非为，或者赌博争风，赌咒发誓的时候。总而言之，在他灵魂不能得救的时候，我再送他两脚朝天、灵魂下到暗无天日的地狱中去，这才是对他的报应。母亲还等着我呢。我这个药方也延长不了他病入膏肓的日子。（下。）

国　王　祷告飞上了天，思想还在地上。
　　　　言语没有思想，怎能飞上天堂？（下。）

第 三 幕

第四场

王后寝宫

（王后葛露德及波洛涅上。）

波洛涅 他马上就来了，请您一句话说到家，说他胡闹得太过分，简直叫人不能容忍了，告诉他是您保护了他，挡住了国王要发作的怒火。我会悄悄地藏在帷幕后面。请您对他不要客气。

哈梦莱 （在幕后）母亲，母亲，母亲！

葛露德 不必担心，我会说的。你退下吧，我听见他来了。

（哈梦莱上。）

哈梦莱 母亲，什么事呀？

葛露德　哈梦莱,你大大地得罪你父亲了。

哈梦莱　母亲,你也大大地得罪我父亲了。

葛露德　来,来,你怎么这样随便回答我?

哈梦莱　哎,哎,你怎么这样狠狠地说我?

葛露德　怎么啦,哈梦莱?

哈梦莱　什么事呀?

葛露德　你忘了我是谁吗?

哈梦莱　没有,十字架可以作证!你是王后,是你丈夫弟弟的妻子,还是——但愿不是——我的母亲。

葛露德　那么,我要能说会道的人来和你谈。

哈梦莱　来,来,请你坐下不要动,不要出去。等我把镜子放到你面前,你好好瞧瞧自己的内心。

葛露德　你要干什么?难道要杀人?来人哪,要杀人了,救人哪!嘿!

波洛涅　(在帷幕后)怎么,要杀人了?来人哪!

哈梦莱　怎么?这里会有耗子偷听?只消一个金币,我就要了你的命。

(拔剑刺波洛涅。)

波洛涅　啊,杀人了!

　　　　（波洛涅死。）

葛露德　天哪,你干什么来着?

哈梦莱　（发现死者是波洛涅。）不,我也不知道,不是国王吗?

葛露德　啊,多么鲁莽的血腥罪行!

哈梦莱　真是血腥,简直就像杀了国王还嫁给他的弟弟一样。

葛露德　杀了国王?

哈梦莱　唉,母亲大人,听我说。——这个自作聪明、自己找死的家伙,去你的吧!我还以为是你的主子呢!活该你倒霉,谁叫你要多管闲事!——(对葛露德)不要再捏你的手了。静下来吧,请你坐下,让我摸摸你的心,我真要摸一摸,看它是不是看不透的,该死的习惯有没有使它硬化得不通情理了?

葛露德　我做错了什么事?你居然敢摇头吐舌,这样粗暴地对待我?

哈梦莱　你干的好事污染了美德,使贞洁会脸红,使忠实变成了虚伪,摧毁了纯洁爱情滋润的玫瑰，使热恋的脸上长出了脓包，使婚姻的海誓山盟蜕化为赌徒的咒骂，啊，简直使定情的婚约成了失去灵魂的空壳，使神圣的宗教教义堕落为狂言呓语，天空要露出羞颜，苍茫大地也显出凄惨的脸色，仿佛这种丑恶的行为预示着世界末日的来临。

葛露德　天哪，什么丑恶的行为呀？怎么还没开场就闹得天翻地覆呢？

哈梦莱　瞧这一幅画像，那里还有一幅，两幅都是两兄弟的真容。这一幅的脸部多么高贵！海神波涛起伏的卷发，天王大神高耸的前额，战神威震三军、令人望而生畏的眼睛，身段就像飞天大神降落在摩天岭上，简直集中了各位天神的优秀品质，并且得到他们的赞赏，向世界宣示：这才是一个男子汉大丈夫！这就是你原来的丈夫。现在再来看另外一幅，那就是你现在的丈夫，像摇摇欲坠的麦穗垂头丧气地依靠在旁边的麦秆上。你没有眼睛吗？你怎么舍得这青翠的高山而去那荒芜的沼地呢？哈，难道你没有眼睛？你不能说是为了爱情，因为到了你这个年纪，情欲旺盛已经过了高涨的时期，现在应该是低落得俯首听候理性的支配了，但是理性在选择时怎么会优劣都分不清呢？什么魔鬼蒙住了你的眼睛，使你好坏都辨别不了？啊，可耻！你怎么不脸红？地狱里的叛乱精神，如果能使中年妇女的躯壳都烧出青春的火焰，那就让青春的美德像蜡一样在熊熊的烈火中烧个一干二净吧！当压倒一切的情欲发动大山压顶的进攻时，羞耻哪有抵挡的力量？既然冰霜都燃烧起来了，理性也就成了情欲的帮凶。

葛露德　啊，哈梦莱，不要再说下去。你使我的眼睛看到了我的灵魂。看到了我内心深处漆黑一团、洗刷不掉的斑斑点点的污迹和累累的伤痕。

哈梦莱　不行，你在一张臭汗淋淋、污迹斑斑的床上寻欢作乐、谈情说爱，在这肮脏得不堪入目、污浊得不堪入鼻的猪圈里——

葛露德　啊，不要再说下去了，这些话像尖刀一样刺入了我的耳朵。不要再说了，好哈梦莱！

哈梦莱　一个杀人凶犯，一个无赖恶棍，一个远不如你前夫的奴才，一个王室的败类，一个篡权夺国的凶手，一个偷窃王冠装入口袋的盗贼！

葛露德　不要再说了！

（老王阴魂上。）

哈梦莱　（见阴魂。）怎么，国王穿起破衣烂衫来了。——帮帮忙吧，天使，用你们的双翼给我遮挡——父王在天之灵，有什么事吗？

葛露德　哎呀，他疯了吧！

哈梦莱　你是不是来责备你的儿子迟迟没有动手的？时间过去了，热情减退了，令人胆战心惊的重要行动耽误了，是不是？

阴　魂　不要忘了，我来只是为了磨砺你心中的钝刀。瞧，你母亲的脸上露出了惊慌的神色。啊，她内心正在斗争，快去帮帮忙。想象最容易侵入脆弱的身体。你去和她说说话吧，哈梦莱！

哈梦莱　你怎么样了，母亲大人？

葛露德　哎呀，你怎么啦，瞪着眼睛看什么？对无影无踪的空气说些什么话？你的神情溜出了眼睛的轨道，好像一个被突然袭击惊醒的士兵一样惊慌失措。头发也仿佛有了生命，站了起来。啊，好孩子，给你发脾气的愤怒火焰浇上忍气吞声的凉水吧！你在瞧什么呀？

哈梦莱　瞧他，瞧他！看他瞪着眼睛的脸色多么惨白，他的外表和内心结合起来的祈祷多么动人，连石头都会被激励起来行动的。——不要这样瞧着我，否则，你可怜的神情会动摇我下定的决心，反而使我的行动失色，使流泪要取代流血了。

葛露德　你在对谁说话呀？

哈梦莱　难道你什么都没有看见？

葛露德　没有，我只看见你对空说话。

哈梦莱　你什么也没有听见？

葛露德　只听见我们说的话。

哈梦莱　那么，瞧那边，瞧，他悄悄地走了，我的父亲，他穿着生前穿过的寝衣！瞧，他现在正走出门去。

葛露德　这是你头脑幻想出来的吧？精神失常最容易

产生这种无影无踪的幻想。

哈梦莱　精神失常？我的脉搏跳得和你的一样正常，一样有节奏，我说的绝不是疯话。不信，你可以检查一下，我可以重新说出刚才所做的事来，而疯子却不可能。母亲，为了得到上天的宽恕，不要给你的灵魂涂脂抹粉，以为我说的都是疯话，不是你的罪过；我也愿意只在你溃疡的罪恶上涂抹一层薄薄的油膏，但那样一来，罪恶就会在你体内发酵成熟，不知不觉传遍你的全身。忏悔过去的罪过，避免未来的失误，不要在毒草上施肥，使它蔓延滋长吧！原谅我实话实说，好人不得不为坏事求情，这也是为坏人做好事啊。

葛露德　啊，哈梦莱，你把我的心剁成两块了。

哈梦莱　那就丢掉坏了的那一块，留下好的那块过日子吧！晚安，不要上我叔父的床，即使你不再纯洁了，也要做出纯洁的样子，至少要克制今天一个晚上，第二天就容易得多了。再一次祝你晚安！在你想得到祝福的时候，我会为你求福的。

(指波洛涅。)至于这位大人,我很对不起,老天借我的手惩罚了他,又借他的死惩罚了我,使我成了工具又是执行人,我会安排他的后事,并且对他的死负责的。因此,再说一次晚安。我的言语和行动粗暴,那也只是为了亲情,开始做得不好,后面接着来的恐怕还要更坏。

葛露德 我该怎么办呢?

哈梦莱 我只能说你不该怎么办。不要让自我膨胀的假国王再骗你上床,轻浮地捻你的脸颊,叫你做他的小亲亲,用烟气熏人的嘴吻你,或用罪恶滔天的手指吧嗒吧嗒地玩弄你的颈脖,要你向他吐露真情,说我不是真疯而是装傻。你怎能不让他知道呢?哪有一个漂亮、聪明、清醒的王后能向癞蛤蟆、臭蝙蝠、野公鸡隐瞒事件的真情实况?谁有这么傻呢?不,没有人会这样没有常识,会这样保守秘密。不如学那只出了名的猴子,趴到屋顶上去打开鸟笼把鸟放走,自己钻进笼子再爬出来,试试看出入鸟笼是不是就会像鸟一样飞了，结果却是摔断了自己的脖子。

葛露德　你放心吧，只要我还活着有一口气，关于你的秘密，我不会吐露一个字的。

哈梦莱　我要去英国了，你知道吗？

葛露德　唉，我几乎忘了，是这样决定的。

哈梦莱　这个老家伙得包装起来，我要把他拉到隔壁房间里去。母亲，晚安。的确，这位喜欢说话的大人现在沉默、严肃、不开口了，他生前可喜欢胡说八道啊。——来吧，老兄，你也该下场了。再见，母亲。（哈梦莱拖波洛涅尸体下。）

（国王上。）①

国　王　你唉声叹气，呼吸沉重，一定有什么缘故。你要说清楚，我好了解情况。你儿子呢？

葛露德　啊，我的好主公，我今晚看见什么啦！

国　王　怎么啦，葛露德？哈梦莱怎么样？

葛露德　他疯狂得像呼啸的海风和汹涌的海浪一样争

---

① 译注：以下在美国 Kittredge 版本、朱生豪、卞之琳译本中，均作第四幕第一场，文字也有所增加。

强好胜，一发作起来，简直无法收拾！一听见帷幕后面有点动静，他立刻就拔出剑来，大叫大嚷："有贼，有贼！"并且惊慌得神魂颠倒，一剑刺死了藏在幕后的老好人。

国　王　啊，这可严重了！假如幕后的人是我，岂不也要遭到毒手！他这样随意动刀动剑，对你对我，对每个人都是威胁啊！唉，这个血腥事件该怎样处理呢？这都得怪我，早该预料到这一点，限制这个年轻人的行为，不让他的疯癫发作。但是我们爱护他太过分了，不知道怎样对他最好，就像一个身犯重病的人，怕病向外扩散，就只让它向内发展，甚至吸干了生命的源泉。他现在到哪里去了？

葛露德　他把老好人的尸体拖出去了，他的疯病像低级的矿物杂质，其中却含有纯金的成分，他为自己的所作所为惭愧得流泪了。

国　王　啊，葛露德，来吧！一等太阳照到山头上，我们就得把他送上船去。他干下的坏事只好设法掩饰一下。表面上说得过去，能够得到一点谅解，也就罢了。

（罗森兰、吉登丹上。）

喂，吉登丹！两位朋友，请你们去找几个助手。哈梦莱疯病发作，把波洛涅杀了，又把他拖出了他母亲的房间。你们去找找他，好好对他说，把尸体送到教堂去。请你们先办这件事吧。

（罗森兰、吉登丹下。）

走吧，葛露德，我要叫些能手来，告诉他们我打算怎么办，也告诉他们不幸发生了什么。啊，来吧！我的内心是又乱又怕啊。

（同下。）

第 四 幕

第一场

艾西诺皇家城堡内

（哈梦莱上。）

哈梦莱　藏起来了。

罗森兰、吉登丹　（在幕后）哈梦莱，哈梦莱殿下！

哈梦莱　什么声音？谁在叫哈梦莱？啊，他们来了。

（罗森兰、吉登丹上。）

罗森兰　殿下，尸体在哪里呀？

哈梦莱　从泥土中来，回泥土中去了。

罗森兰　告诉我们在哪里，我们好送到教堂去。

哈梦莱　你们休想。

罗森兰　想什么呀？

哈梦莱　想我听你们的，不听我自己的。再说，海绵一样的人向王子提问，该怎样回答呢？

罗森兰　殿下把我当作海绵了？

哈梦莱　唉，老兄，你吸收了国王的恩宠、奖赏、权力，但是要到最后才会显示你的用处，就像猴子嘴里的水果，要等果汁榨干，猴子才会吞下去。但一榨干，你又成一块干巴巴的海绵了。

罗森兰　我不懂殿下的话。

哈梦莱　那可好了，调皮捣蛋的话在傻瓜的耳朵里正好睡大觉呢。

罗森兰　殿下，你一定得告诉我们尸体在哪里，并且同我们去见国王。

哈梦莱　尸体和国王都在世上，但是国王不像尸体那样有形无实，国王也是一个形体——

罗森兰　殿下说是一个形体？

哈梦莱　有名无实的形体。带我去见他吧。狐狸进洞了，猎人快追呀！

（众下。）

第 四 幕

第二场

同上

（国王上。）

国　王　我派人去找他，还要找到尸体。放纵他多么危险！但执法又不能太严，因为他得到了群众的爱戴，群众看人只看表面，并不细问是非；也不问罪行重不重，只是怕罚重了。要使一切顺利进行，并且显得公平，立刻送他出国可能是最恰当的解决办法。急病要用猛药来医治，否则就治不了。

（罗森兰上。）

怎么样？有什么结果？

罗森兰　主公，尸体藏在哪里，他不肯告诉我们。

国　王　他人在哪里?

罗森兰　就在外面,有人看住,等候主公吩咐。

国　王　把他带上来吧。

罗森兰　遵命。(呼唤。)吉登丹。把殿下带进来!

（哈梦莱、吉登丹及侍从上。）

国　王　哈梦莱,波洛涅呢?

哈梦莱　在吃晚餐。

国　王　吃晚餐,在什么地方?

哈梦莱　不是他在吃,是蛆在吃他,一大群蛆在会餐,像皇帝一样大开胃口。我们喂饱了牲口,又用牲口喂人,喂胖了人再用人去喂蛆。胖国王和瘦乞丐都是晚餐的两道菜。结果就是这样。

国　王　唉,唉!

哈梦莱　一个人可以用吃了国王肉的蛆去钓鱼,又吃那条吃了蛆的鱼。

国　王　你这是什么意思?

哈梦莱　没有什么意思,只不过是告诉你一个国王怎么视察一个乞丐的肠子和肚子罢了。

国　王　波洛涅在哪里?

哈梦莱　在天上，你可以派人去找。如果天上找不到，你可以自己下地去。如果这个月还找不到，你上楼去休息室就可以闻到他的气味了。

国　王　（对罗森兰或侍从）上楼去找。

哈梦莱　他会在那里等你的。

（罗森兰或侍从下。）

国　王　哈梦莱，你的行为不太检点，为了你的安全——我们看得很重，我们对你的所作所为也很难过——因此，我们不得不火速送你出国，你快去准备一下，船已经准备好了，又是顺风，随从都在等你。一切都已准备就绪，你就去英国吧。

哈梦莱　到英国去？

国　王　是的，哈梦莱。

哈梦莱　那好。

国　王　好，你要知道我们的苦心。

哈梦莱　我看见一个天使。他看清楚了你的用心。去吧，到英国去，我亲爱的母亲。

国　王　我是你敬爱的父亲，哈梦莱。

哈梦莱　父母是夫妻一体，说母亲就够了。母亲，我

去英国了。(下)

国　王　紧紧跟住他,要他赶快上船,不要耽误。我会要他今夜就走。去吧,和这有关的文件都已密封,你们就照办吧。

(吉登丹及罗森兰下。)

英格兰国王,如果你还重视我们的国交,如果丹麦的国威给你留下了不可磨灭的印象,你并不愿重蹈覆辙——你就会自觉自愿按照我们的要求办了。——文书已经表明:要求立刻把哈梦莱处死。英格兰国王啊,请照办吧!这使我像热锅上的蚂蚁。只有靠你助我一臂之力了。在我知道事情办妥之前,无论命运如何,恐怕笑容对我总是无缘的了。

第 四 幕

第三场

丹麦边境

（福丁拔率挪威军队上。）

福丁拔　指挥官，请你代我向丹麦王致敬，告诉他按照约定，我已率军借道经过。如果丹麦王有事相商，你知道会见的地点，我会当面向他致谢的。请你先行告知吧。

指挥官　遵命，殿下。

福丁拔　慢步行军。（众下。）

第 四 幕

第四场

艾西诺皇家城堡内

（王后及贺来霄上。）

葛露德　我不想和她说话。

贺来霄　她很着急，其实是神经错乱了，她的心情令人怜悯。

葛露德　她要什么？

贺来霄　她老谈她的父亲，说世上的花样名堂很多，她扪心捶胸，为小事大发脾气，说些似是而非、没有意义的话，但是有心人可以随意猜想解释，加上她眨眼、点头、做手势，使人误以为她含有深意，虽然不能肯定，但总不是好事。

葛露德　有人和她谈谈也好,免得她散播危险的想法,引起存心不良的人胡乱猜测。让她来吧。

（贺来霄走到门口下。）

（旁白）我的灵魂有病——罪恶的本性都是这样——

微不足道的琐事似乎都预示着灾殃。

罪恶即使不钩心斗角,也会引起猜想。

越是怕人知道,却越会引起对外张扬。

（莪菲莉神经错乱。同贺来霄上。）

莪菲莉　美丽的丹麦王后在哪里?

葛露德　你怎么啦,莪菲莉?

莪菲莉　（唱）我怎么能认识

你真正的情郎?

看他的贝壳帽、

草鞋还是手杖?

葛露德　唉,好姑娘,唱这支歌是什么意思?

莪菲莉　你说什么?请听好了:

（唱）他已经死了,姑娘,

一去不再返回。

头上一堆青草,

>   脚下一块墓碑。

（国王上。）

葛露德　不要唱了，不过，莪菲莉——

莪菲莉　请你听：

>   （唱）寿衣白如山上雪——

葛露德　唉，主公，瞧这里！

莪菲莉　（唱）上面撒满了鲜花。

>   情人的泪珠如雨，

>   在墓地纷纷落下。

国　王　你怎么啦，美丽的小姐？

莪菲莉　好，上帝保佑！据说，面包师的女儿变成了猫头鹰。主公，我们知道我们是什么人，但是不知道会变成什么。愿上帝光临你的晚餐！

国　王　恐怕是在想父亲。

莪菲莉　请不要谈这点了，如果他们问你什么意思，就告诉他：

>   （唱）明天就是情人节，

>   大家都要早起床。

>   我会站到你窗前，

　　　　　　把你当作我情郎。

　　　　　　他起来穿好衣裳，

　　　　　　就立刻打开房门。

　　　　　　大姑娘一上了床，

　　　　　　就失去了女儿身。

国　王　好一个莪菲莉！

莪菲莉　不用赌咒发誓，我会唱完歌的。

　　　　（唱）神圣慈悲的主在上，

　　　　　　动手动脚，不怕丢脸！

　　　　　　年轻人总喜欢上床，

　　　　　　寻欢作乐，一味纠缠。

　　　　　　她说："你压在我身上，

　　　　　　本来说好要先结婚。"

　　　　　　他说："谁叫你太匆忙，

　　　　　　比太阳先颠倒乾坤？"

国　王　她这样有多久了？

莪菲莉　我希望我们会好聚好散。我们要有耐心，但是我也没有办法，只好哭哭啼啼，让他们把他埋进寒冷的墓地。应该让我哥哥知道这件事情，因此，我谢谢你们的好主意。来，我的马车!再见了,女士们,再见吧,亲爱的朋友们。再见,再见!(下。)

国　王　(对贺来霄)紧紧跟着她,请你好好看住她。(贺来霄下。)

这是悲痛撒下的毒药,根源是她父亲的死。啊,葛露德,葛露德!真是祸不单行,一来成群。第一,她的父亲死了;第二,你的儿子走了。虽然这是他一手造成的恶果,但是老百姓并不了解情况,糊里糊涂,纷纷议论老好人波洛涅的死亡,我们又考虑不够周到,就匆匆地把他下葬了;可怜的莪菲莉失去了判断力,甚至和理智分了手,没有理性的人和画中人物或者鸟兽又有什么分别?最后,也是意义同样重大的一点,是她的哥哥拉尔提秘密从法国回来了,他听了一些错误的、不符合事实又缺乏证据的奇谈怪论,自己堕入了五里雾中,再加上街谈巷议、口耳相传关于他父亲之死的不实之词。啊,亲爱的葛露德,这就像开花炮从四面八方打来,叫我死无葬身之地了!

（幕后喧哗。）（一使者上。）

葛露德　哎哟，怎么闹得这样厉害？

国　王　我的卫队呢？要他们去守住城堡。——出了什么事了？

使　者　主公避一下吧！他们来势汹汹，像冲上海岸的滚滚波涛，冲破了阻挡他们前进的种种障碍，这一伙叛乱群众的首领是拉尔提。他们打退了皇家卫队，高声欢呼拥戴他们的头目，欢呼世界得到了新生，一切都得重新开始，古老的传统都已遗忘，习俗全被抛弃。他们自作主张，高喊："我们要选拉尔提为王。"他们抛起帽子，鼓掌欢呼，响彻云霄。"我们拥护拉尔提为王，拥护拉尔提王！"

葛露德　怎么这样兴高采烈地在错误的道路上高声喊叫！这是叛乱造反，难道丹麦人变得不如狗了！

（幕后喧哗。）

（拉尔提上，群众进门。）

国　王　他们破门而入了。

拉尔提　国王呢？——弟兄们，你们就在门外吧。

群　众　不行，我们也要进来。

拉尔提　我请你们听我的话。

群　众　那好，那好。

（群众退到门口。）

拉尔提　谢谢你们，请守住门！——你这个该死的国王，还我父亲的命来！

葛露德　冷静一点，拉尔提！

（阻止拉尔提，或挡住他的路。）

拉尔提　骂我是杂种，我父亲是王八，我母亲是婊子，我能冷静吗？何况这比骂人还要严重得多呢！我能不热血沸腾吗？

国　王　你为什么，拉尔提，这样兴风作浪、翻山越岭、大兴问罪之师呢？——让他来吧，葛露德。不用怕他会伤害我，国王自有老天保佑，造反的人就是望穿了眼睛也不能为所欲为的。——说吧，拉尔提，为什么你这样火冒三丈？——让他来吧，葛露德——说吧，男子汉大丈夫！

拉尔提　我父亲呢？

国　王　死了。

葛露德　但和国王没有关系。

国　王　让他想问什么就问什么。

拉尔提　他怎么死的？休想蒙混过关，要我忠诚老实吗？见鬼去吧！你要赌咒发誓吗？到地狱里去吧！谈良心，谈厚道，早已谈到万丈深渊里去了。我不怕天诛地灭，我站稳了脚跟，天堂地狱我都一样不在乎。眼前随便发生什么事情，我都只要为父亲报仇。

国　王　有谁阻止你吗？

拉尔提　我要做什么事，天下没人能阻止我。至于我的力量，我会充分利用，以少胜多。

国　王　好一个拉尔提！如果你知道你父亲到底是怎样死的，难道你就要像赌场上的"通吃"一样，不管是朋友还是敌人，都要把赌注一扫而光吗？

拉尔提　当然只扫敌人。

国　王　那么，你知道谁是敌人，谁是朋友吗？

拉尔提　对于朋友，我自然张开双臂来表示欢迎，甚至可以像用血肉来喂幼雏的母鸟一样。

国　王　那好，你这样说话才是一个好儿子，一个大丈夫。要知道你父亲的死和我没有关系，我还为他的死悲痛万分呢！如果你心里明白了这一点，那就像你的眼睛看见了太阳光一样了。

（幕后人声。）

群　众　让她进去！

（莪菲莉上。）

拉尔提　怎么啦，为什么喧哗？

（见莪菲莉）啊，让我头脑发烧，眼泪发酸吧，天呀！我要加倍报复使你发疯的人。啊，五月的玫瑰，亲爱的妹妹，可爱的莪菲莉！一个少女的聪明才智怎么可能像老人的生命一样，这么快就走到了尽头？人类的天性对亲子之爱更加息息相关，往往把最珍贵的感情献给了热爱的死者。

莪菲莉　（唱）他们把他脸朝天抬上棺材架，

　　　　　嘿，不，哎呀，哎呀，嘿，哎呀！

　　　　　把他抬到坟上，大家泪如雨下。

　　　　　再会吧，我的鸽子呀！

拉尔提　即使你没有发疯，如果要我报仇，你也不能比这更感动我了。

莪菲莉　你应该唱："哎呀，下来吧，下来吧！"你应该叫他"下来呀！"啊，这个车轮多么配这辆车！这个坏管家怎么弄虚作假，骗了主人的女儿和她的妈！

拉尔提　这不成话，但胜过说话。

莪菲莉　这不是话，是玫瑰花，做祷告，谈爱情，都要记住它。这是相思花，叫你想念他。

拉尔提　疯话不疯，记忆和相思，多么有用！

莪菲莉　这是吹牛拍马的漏斗花，弄虚作假的芸香花，后悔莫及的茴香花，给你也给我，免得星期天忘了他。还有表示爱情的雏菊花，我还想给你忠诚可亲的紫罗兰，但是我的父亲一死，花也就凋谢了，他们同归于尽。——（唱）只要有个好罗宾，他就可以治百病。

拉尔提　思想和痛苦，热情，甚至地狱，给她一唱，就唱出了意思，叫人觉得可怜。

莪菲莉　（唱）可是他不来了吗？

可是他不来了吗？

不来，不来，他死啦。

>你也快进坟墓吧,
>
>他再不会回来啦。
>
>胡子白得像雪花,
>
>他的头发也一样,
>
>一去不再回故乡;
>
>我们不必再悲伤,
>
>他的灵魂上天堂。

我祈求上帝宽恕基督徒的灵魂,上帝和你同在!(下。)

拉尔提　天神呀,你们看见吗?

国　王　拉尔提,只要你不拒绝,我会分担你的悲痛。现在,我们分手吧,你去找你最要好的朋友,请他们在你我之间做出评判。如果我对你父亲的死犯下了直接或间接的罪过,我可以把王国、王冠,甚至生命、财产、一切交你处理。如果与我无关,那你就该平心静气,商量一个办法,来满足你的心愿了。

拉尔提　就这样吧!他是怎样死的?为什么秘密下葬?没有歌功颂德,没有勋章宝剑,没有庄严隆重的仪式，就这样无声无息地消失在天地之间，我能不追问吗？

国　王　你自然应该，但大斧一定要落在罪人头上。请你跟我来吧。（下。）

第 四 幕

第五场

艾西诺城堡内

（贺来霄及侍仆上。）

贺来霄　什么人要见我？

侍　仆　几个水手，大人，他们说有信要面交。

贺来霄　让他们来吧。

（侍仆下。）

我不知道海外还有谁会给我写信，大约是哈梦莱殿下吧。

（水手上。）

水　手　上帝保佑你，大人。

贺来霄　也保佑你。

水　手　上帝是一视同仁的。这是一封给大人的信，是去英国的使臣要我面交贺来霄大人的。

贺来霄 （读信。）"贺来霄：得信后请设法让来人去见国王，他们有信面交。我们出海两天就被海盗船追上了，我们的船走得很慢，不得不勉强迎战。交战时我上了海盗船。不料，他们立刻离开官船，我却成了俘虏。他们倒是还讲道义，我当然不会亏待他们。请带他们去见国王，面交我的信件。交信后火速离开，我有话要和你面谈，会听得你目瞪口呆的。来人也会为你引路。罗森兰和吉登丹已经去了英国，关于他们，我也有话面告。你的知心朋友：哈梦莱。"

来吧，我会带你们去交信，然后立刻去见寄信人的。

（众下。）

第 四 幕

第六场

艾西诺皇家城堡内

（国王及拉尔提上。）

国　王　现在，你应该明白我不但不是罪人，而且是你可以推心置腹的朋友和恩人。你已经清清楚楚地知道了：谋害你父亲的人其实要谋害的是我。

拉尔提　听来这话不假。但为什么你没有惩罚这穷凶极恶的罪人呢？照理说来，他对你的安全是非常不利的呀。

国　王　啊，这有两个特殊的原因，在你看来也许站不住脚，但是对我却非常重要。王后是他的母亲，一天不看见他就几乎过不了日子；而对于我——不管这算是我的优点还是我致命的缺点——我的生命和灵魂都离不开王后，就像星辰离不开它运行的轨道一样。另外一个理由，我在群众面前不好交代。群众对他的偏爱使他的错误也染上了感情的色彩，就像传说中的泉水能使树木化为石头一样，群众把他的枷锁都看成是自由。我要射箭打开他的枷锁，但是箭的木质太轻，穿不过强大的暴风，反而会把弓吹断了。我怎能轻举妄动呢？

拉尔提 难道我就这样失去了一位高贵无比的父亲，一个举世无双的妹妹，她就这样被害得发了疯！叫我怎能不报仇雪恨呢！

国　王 不要为这事气得睡不着觉，不要以为我会善罢甘休，让人胡子眉毛一把抓，把这当作开心，而不觉得危险。你不久就会知道，我对你父亲就像我对自己一样，我这样说，希望你能想到——（使者上。）

怎么了？有什么消息？

使　者 哈梦莱有信来，一封给主公，一封给王后。

国　王　哈梦莱有信了，谁送来的？

使　者　他们说是几个水手，我没有见到人，信是贺来霄转来的，他接待了水手。

国　王　拉尔提，你可以听听信上说了什么。——你下去吧。

（信使下。）

"高高在上、大权赫赫的主公：我一无所有地回来了。敬请主公恕罪，明日赐予接见，当即面告突然回国的奇异历程。哈梦莱。"

这是什么意思？同去的人回国没有？这是不是搞错了，或者根本就没有这回事？

拉尔提　主公认识他的笔迹吗？

国　王　这是哈梦莱写的字。"一无所有"，附笔加了一个"孤身一人"。你看这是什么意思？

拉尔提　我更是莫名其妙了，主公。让他来吧。我病了的心又热乎起来了，我要当面告诉他："我要你的命！"

国　王　如果是这样，拉尔提——怎么能做到呢？还有没有别的办法？你能听我的话吗？

拉尔提　只要不是饶他一命就行。

国　王　这你放心。如果他现在半途而返，不再出国，我就要说服他去做一件事，这件事在我心中已经酝酿成熟了。若能实行，他就非死不可。而他的死也不能怪谁，甚至连他的母亲也只能说是意外。大约两个月前，我见到一个诺曼底骑士，他的骑术很好，简直像变魔术，人像长在马鞍上似的，人和坐骑简直合二为一了，完全超乎想象。

拉尔提　是诺曼底人吗？

国　王　正是。

拉尔提　那一定是死神拉磨。

国　王　正是他。

拉尔提　我和他很熟悉，他的确是法国的精英。

国　王　他也称赞过你，说你防守的功夫到家，特别是你的剑术，使他看了喝彩，说如果和你交手，一定令人大开眼界。他的话使哈梦莱听得既羡慕又妒忌，一心想和你见个高低，因此——

拉尔提　这会有什么结果呢，主公？

国　王　拉尔提，你是真心实意爱你父亲，还是只做表面工作，脸上挂着愁容，心中并无其事呢？

拉尔提　主公怎么这样问呀？

国　王　不是我认为你不爱你的父亲，而是我知道情感会随时间转移。事实证明，时间会冲淡感情的火花。等到哈梦莱一到，你会如何用行动而不是用语言，来表明你是你父亲的儿子呢？

拉尔提　我要在教堂里一剑叫他头和身子分家。

国　王　的确，教堂并不应该包庇凶手，不该禁止报仇。但是，如果你能留在家里不是更好吗？哈梦莱一听人夸奖你的剑术，夸得比法国人还更锦上添花，他一心想要和你比赛。但是他很粗心大意，不会选剑，你就可以选把利刃，在刺杀中，只消一剑，就可以为你父亲报仇了。

拉尔提　我会的，为了这个目的，我要在剑上抹点毒药。我在江湖郎中那里买到一种毒性很强的药剂，只消用剑沾到一点药水，再接触到血，哪怕是最轻微的伤口，即使在月光下采来的能治百病的草药，也救不了受伤人的性命。我要把剑尖沾点毒药，那就可以送他下地狱了。

国　王　让我们再想想，考虑一下时间和方法对我们实行的计划是不是合适。如果计划失败或者行动不当，容易给人看破，那还不如不试。因此，还需要有个退一步的打算。需要第二个更稳当、更站得住脚的办法。如果第一个办法吹了，且慢，等我想想。有了，你们比剑可以赌个赢输，只要你们打得又热又渴——你要越打越猛——结果他渴得要饮料时，我会给他准备一杯毒酒，那他即使逃脱了你的剑锋，我们的目的还是一样可以达到。

（王后上。）

怎么啦，亲爱的王后？

葛露德　真是坏事一桩接着一桩。拉尔提，你妹妹淹死了。

拉尔提　淹死了？啊！在哪里？

葛露德　在反映着浅绿垂柳的碧绿溪水中。她戴着奇花异卉编成的花冠来到岸边，花中有毛茛、金凤花、雏菊、长颈兰——那些不正经的牧羊人叫它"吊儿郎当花"，我们的好姑娘却说是"死人的手指"——她把花环挂上垂柳枝头，不料要和花环争风比美的柳枝却羞得折断了，她也就和胜利的花冠一同落入哭泣的溪水中。她的衣服张开，浮现出美人鱼的玉体，那时，她还像给悲哀压倒的女郎唱着古老的歌曲呢。但她喝饱了溪水的衣裳，把这个可怜的水生水长的少女拉回到死亡的污泥中去了，她才中断了她的哀歌。

拉尔提　唉！她就这样淹死了！

葛露德　淹死了，淹死了。

拉尔提　可怜的莪菲莉，你喝的水太多，我不能用泪水来加重你的痛苦了。但哭泣是天生的妙计，女人的羞愧和男人的悲痛都会随着眼泪而消逝——那就让我把女人的悲痛也哭掉吧。——再见，主公，我本来怒火中烧，现在却又被悲痛淹没了。

国　王　我们同他去吧,葛露德。好不容易平息了他的怒火,现在恐怕又要它重新燃烧起来了。我们走吧。

（同下。）

第 五 幕

第一场

艾西诺城堡附近的墓园

（两个小丑，即掘墓人上。）

掘墓人甲　自取灭亡还求永生的女人，可以按照基督教规格安葬吗？

掘墓人乙　我告诉你：这个女人可以；所以你就赶快掘墓吧。验尸人坐地检验过，说是可以按照基督教规格的。

掘墓人甲　这怎么可能呢？除非她是为了自卫而自尽的。

掘墓人乙　怎么不可能？结论就是这样。

掘墓人甲　到底是不是自卫？谁搞得清楚？问题是自尽得妙不妙？因为自尽有三部曲：一是决

定,二是实行,三是检验是否合法。结论是她自尽得很妙。

掘墓人乙　不,掘墓的好人,要是听你说的话——

掘墓人甲　对不起,让我说:这里是水,那好;这里是人,也好;人去投水,并且淹死了,那他是自愿的还是不自愿的呢?——注意:如果是水来淹死他,他在法律上就不是自尽,在法律上没有犯罪、没有缩短他的生命。

掘墓人乙　这就是法律?

掘墓人甲　唉,天哪,这就是验尸人的验尸法。

掘墓人乙　你想要知道事实真相吗?如果死的不是一位上流人家的少女,那是不会按照基督教规格安葬的。

掘墓人甲　你这样说岂不糟糕,上流人家连跳水上吊都比普通基督徒有面子?算了,拿我的锄头来!谁的面子大也大不过我们的老祖宗亚当,而种菜的、挖沟的、掘墓的人干的都是亚当这一行。

掘墓人乙　亚当是上流人吗?

掘墓人甲　他是头一个用锄头做工具的高工。

掘墓人乙　但他并没有高工的头衔呀。

掘墓人甲　怎么啦？难道你是异教徒？你怎么读《圣经》的？《圣经》上不说了亚当是看守乐园的吗？看守乐园的高级农艺师怎能不是高工呢？我再来问你，如果你答得来，我就认输。

掘墓人乙　那你问吧。

掘墓人甲　什么人建筑的东西比石匠、船工或木匠的还更结实？

掘墓人乙　是不是绞刑架？住过一千人的房子倒塌了，吊死过一千人的绞刑架还巍然高耸呢。

掘墓人甲　我喜欢你聪明的回答，说老实话，绞刑架很不错，它吊死过很多做坏事的人。现在你说绞架比教堂还更结实，那你就是在说坏话，绞架就派得上用场了，是不是？你再说一遍看看。

掘墓人乙　谁做出来的东西比石匠、船工或木匠的还更结实呢？

掘墓人甲　对，你若答得出，我就放过你。

掘墓人乙　天啊，我知道了。

掘墓人甲　那就说呀。

掘墓人乙　天哪，我不能说。

（哈梦莱和贺来霄在远处上。）

掘墓人甲　不要伤脑筋了，鞭子打不快蠢驴的脚步。下次再碰到这个问题，你就可以回答说"是掘墓人。"因为他挖掘的坟墓可以一直用到世界的末日。去吧，到老约翰酒店去给我拿一杯酒来。

（掘墓人乙下。）

（唱）年轻时喜欢谈爱情，

　　　觉得爱情非常甜蜜。

　　　时间一过，人也不再年轻，

　　　觉得什么都不适宜。

哈梦莱　这家伙一面挖坟一面唱歌，难道他不晓得他干的是什么活儿？

贺来霄　也许是习惯成自然了。

哈梦莱　说得也对：不太动的手，轻轻碰它一下，它就感觉到了。

掘墓人甲　（唱）但老年偷偷的脚步

　　　　却用拐杖将我夹住，

　　　　用船把我送进坟墓，

仿佛我没见过泥土。

（挖出一个骷髅脑壳。）

哈梦莱　这个脑壳也有过舌头，也会唱歌，这家伙却把它摔到地上，仿佛他是第一个谋害亲兄的杀人犯该隐的脑壳似的。其实他也许是一个搬弄是非，甚至是欺骗上帝的阴谋家，现在却得听这家伙摆布了。你看是不是？

贺来霄　可能是的，殿下。

哈梦莱　他也许是一个吹牛拍马的小官，满口甜言蜜语、早安晚安。也许是个居心叵测的官吏，口里说你的马好，心里却打你的主意。你看是不是？

贺来霄　哎，殿下。

哈梦莱　即使这样，他现在也给蛆虫吃掉了下巴，给挖坟人用铁锹抛上抛下。如果我们能够看透，这是多么大的变化啊。这些骷髅生前也可能是大人物，现在却成了小人的玩物，想起来能不难受么？

掘墓人甲　（唱）一把镐来一锹土，

　　　　　　盖上一块遮尸布，

>   挖出一个黄土坑,
>
>   好让客人里面住。
>
> （又抛出一个骷髅脑壳。）

哈梦莱　又抛出一个来了。会不会是一个律师的脑壳？他的巧言诡辩、谎话遁词、官腔架势、财产证件、阴谋诡计，都到哪里去了？怎么让一个粗手笨脚的小人用一把肮脏的铁锹敲打他的脑壳，也不给他加上一个无故殴打的罪名？哼，这个家伙活着的时候恐怕是个大地主，他的地产抵押证、债权证、土地所有证、双重产权证呢？这就是他得到的最后赔款吗？让他涂脂抹粉的脸上沾满污泥浊水，难道就恢复了他的本来面目吗？他的产权甚至双重产权得到的坟地，比一张契约又大得了多少呢？他的土地转移证也装不满他的棺材，难道他的继承人能得到更多吗？

贺来霄　也得不到，殿下。

哈梦莱　契约不是写在羊皮纸上的吗？

贺来霄　是的，殿下，也有写在牛皮纸上的。

哈梦莱　想靠牛羊皮来保证产权，不是连牛羊都不如了吗？我要问问这个家伙——这是谁的坟墓呀？

掘墓人甲　我的，先生。

　　　　（唱）挖出一个黄土坑。

　　　　　　　好让客人里面住。

哈梦莱　我想也是你的，因为你在里面。

掘墓人甲　我说这是我的，因为虽然你在外面，我也可以把你放到里面来，所以这是我的。①

哈梦莱　你说你可以把人放在里面，这就成了你的，这是假话。因为这坟是死人的，不是活人的，所以你说的就是假话了。

掘墓人甲　这假话来得快，先生，去得也快，马上从我这里转到你那里去了。

哈梦莱　你在为什么人挖坟？

掘墓人甲　不是为男人。

哈梦莱　那是为什么女人呢？

掘墓人甲　也不是为女人。

哈梦莱　那埋的是什么人呢？

---

① 译注：据纪德法译本。

掘墓人甲　本来是个女人，但是已经死了，所以不再是女人，只剩下阴魂了。

哈梦莱　这家伙一个字也不放过，我们说话都得看指南针了，一点偏差都不能出。老天在上，贺来霄，这三年来，我看人都变得会鸡蛋里找骨头，老乡的脚指甲快碰到大官的脚后跟，触及人的痛处了。——你干这一行有多久？

掘墓人甲　我干这一行刚好是老王哈梦莱打败挪威王福丁拔的日子。

哈梦莱　那有多久了？

掘墓人甲　你不知道那就是小哈梦莱出生的日子吗？——可是他现在发了疯，送到英国去了。

哈梦莱　唉，天呀，为什么要送到英国去呢？

掘墓人甲　因为他发了疯，到英国去会好起来的，即使不能复原，至少也不会更坏。

哈梦莱　为什么呢？

掘墓人甲　因为英国人和他一样疯，看不出他也是疯子。

哈梦莱　他怎么疯的？

掘墓人甲　听说疯得很怪。

哈梦莱　怎么怪呢？

掘墓人甲　天呀，他精神失常了。

哈梦莱　哪里失常了？

掘墓人甲　还不就是在丹麦。我在丹麦挖坟，从小到大都三十年了。

哈梦莱　一个人埋在坟里，要多久才会腐烂？

掘墓人甲　说实话，那要看他生前是不是已经烂了。——现在有些梅毒病人下葬时就烂得要分家——如果不烂，可以埋个八九年。一个皮匠就可以熬到九年。

哈梦莱　为什么皮匠熬得久？

掘墓人甲　皮匠老和牛皮打交道，他的皮也磨得和牛皮一样结实，水泼不进，而水是私生子尸体的腐蚀剂。——这里又来了一个骷髅脑壳，这个骷髅在地下埋了二十三年了。

哈梦莱　那是谁的尸体？

掘墓人甲　一个婊子养的疯子，你知道他是谁？

哈梦莱　我不知道。

掘墓人甲　这个该死的疯子，有一回他浇了我一头的莱茵酒。这就是他的骷髅，先生，他就是博得国王哈哈大笑的弄臣约里克。

哈梦莱　就是这个脑壳？

掘墓人甲　就是。

哈梦莱　让我看看。——唉,可怜的约里克!我认识他,贺来霄,他有说不完的笑话,有非常丰富的想象力,他背过我多少次啊!——现在想起来都作呕,我的喉咙管还要吐呢。这里原来挂着两片嘴唇,我不知道他亲过我多少次了。——现在,你的笑话说给谁听呢?你还蹦蹦跳跳吗?你唱的歌,你闪烁着欢乐之光的眼睛,你满口的妙语又在哪里说得满堂哄然大笑呢?你有没有留下一句话来笑你自己现在的尊容呀?你连下巴都笑掉了吗?现在,你到美容室去对化妆的美人说:即使她脸上的粉涂得有一寸厚,到头来还是一样的下场,她还笑得出来吗?——贺来霄,我要问你一个问题。

贺来霄　什么问题,殿下?

哈梦莱　你认为亚历山大大帝在地下看起来也是这副尊容吗?

贺来霄　恐怕也是。

哈梦莱　闻起来也是这股气味吗？呸！

（拿起地上的骷髅又扔回去。）

贺来霄　恐怕也是，殿下。

哈梦莱　我们的身体会落到怎样的下场啊，贺来霄？为什么不可以想象至高无上的亚历山大化为尘土之后，可以用来塞酒桶呢？

贺来霄　这个奇思谬想怎么钻进酒桶里去了？

哈梦莱　不，老实说，一点也不荒谬，你只要老老实实听我说，一步一步跟我走，结果就会是这样的：亚历山大死了，亚历山大下葬了，亚历山大化为尘土了，尘土可以结成泥巴，泥巴可以用来堵塞漏洞，那么，亚历山大化成的泥巴为什么不可以用来堵塞酒桶呢？

　　凯撒大帝死后成了一团泥巴，

　　用来塞住墙洞不怕暴雨狂风。

　　啊，泥塑的凯撒曾经威震天下，

　　到了今天却被用来堵塞墙洞。

不要说了，不要说了，到旁边去！国王来了。

（国王、王后、拉尔提、教士上。随从抬棺

木上。)

王后同官员也来了——棺材里是什么人？怎么仪式并不到位？是不是死的人悲观绝望，亲手结束了自己的生命？这家人地位很高。我们到边上去看吧。

(退到舞台边上。)

拉尔提　还有什么仪式？

教　士　她的仪式已经超过规格了，因为她的死是有问题的。如果不是奉命从宽处理，她是应该埋在圣地之外，等候最后的喇叭宣布审判的。所以不能再有求主开恩的祈祷，只能在她坟上留下碎石破瓦。现在她已经按照童贞女的规格埋葬，坟上撒了鲜花，不能再超格了。

拉尔提　不能再有些仪式吗？

教　士　不能再多了，不能破坏神圣的教规，增加安葬的仪式，像对平安归天的基督徒一样唱安魂曲了。

拉尔提　那就让她入土为安，让她白璧无瑕的身上长出芬芳美丽的紫罗兰吧！我要告诉你，不入流的教士，我妹妹是回到天堂去的天使，她会留下你在人间悲叹哀鸣的。

哈梦莱 （对贺来霄旁白）什么！是美丽的我菲莉？

葛露德 （撒花。）鲜花赠给美人。永别了！我本来希望你做我哈梦莱的媳妇，想用鲜花来装饰你的新房，可怜的少女，没想到现在却撒在你的坟上了。

拉尔提 啊，那个该死的罪人。他的罪行使你失去了最可贵的智慧，让他遭受三辈子、三百年的苦难吧！——不要撒土了，等我再拥抱她一回！（跳下坟坑。）现在，把泥土倒入坟坑，把死人和活人都埋了吧！把平地堆成高山，使高入云霄的奥林匹斯仙山和摩天岭都望尘莫及吧！

哈梦莱 （上前。）谁的悲痛这样惊天动地？谁的伤心话害得流星不转，仿佛给咒语定了位似的？这里还有我，丹麦王子哈梦莱呢。

（脱下外套，跳入坟坑。）

拉尔提 你这魔鬼来得正好！

（两人扭成一团。）

哈梦莱	你的祷告搞错了人。我请你不要用手指掐我的喉咙,老兄,虽然我不是生性莽撞的人,但文静的人发起火来,可比粗暴的人危险得多,会让聪明人吓得胆战心惊的。放开你的手!
国　王	把他们分开。
葛露德	哈梦莱,哈梦莱!
贺来霄	好殿下,要冷静!

(侍从分开他们二人,二人各自走出坟坑。)

哈梦莱	这个问题我可以和他争得不眨眼睛。
葛露德	啊,我的儿子,什么问题呀?
哈梦莱	我爱莪菲莉,四万个兄妹之爱加起来也不如我多。你能为她做什么?
国　王	啊,他疯了,拉尔提。
葛露德	看在上帝的分上,随他去吧。
哈梦莱	让我看看你有什么本领,哭吗?打吗?饿吗?撕衣服吗?吃醋吗?吞鳄鱼吗?谁不会呀?你跑来哭哭啼啼,跳下坑来丢我的脸,要和她埋在一起,难道我不会吗?你瞎说什么移山倒海,你能把万亩泥土压在身上,你

的头颅能像流星一样，你的瘤子能像大山一样高吗？像你这样瞎吹，谁不会呀？

国　王　（一作王后）这是疯话。疯劲一过，就会像母鸽子生了金色小鸽子一样低下头，静下来了。

哈梦莱　你说吧，老兄，为什么这样对我？我以前对你并不坏呀。不过，没有关系，赫鸠力士总是要卖弄力气的，猫总要叫，狗总要跑的。

（下。）

国　王　好贺来霄，请你跟住他吧。

（贺来霄下。）

（对拉尔提）忍耐一点，记住我们昨夜的话：事情很快就会了结。——亲爱的葛露德，要人看住你的儿子。——坟墓不能只埋死人。静静地过个把小时，我们的耐心就会有好报了。

（同下。）

第 五 幕

第二场

艾西诺皇家城堡内

（哈梦莱和贺来霄上。）

哈梦莱　第一件事就谈这些，老兄；现在我来告诉你第二件：你还记得我们分别时的情况吗？

贺来霄　怎么不记得，殿下？

哈梦莱　老兄，那时我内心斗争得睡不着觉，我看比造反的水手戴着手铐脚镣还更难受。突然一下冲动——谢天谢地。冲动也有好处——使我想到不必顾虑太多。重要的打算可能落空，结果如何，自有老天作主，我们不必枉费心机，画个粗线条也就可以了——

贺来霄　肯定是这样的。

哈梦莱　我从房舱里爬起来，披上我的海上外衣，摸索到他们的房舱去，结果如愿以偿，摸到了他们的公文包，又偷偷地溜回我的房舱，大胆打开了——我一害怕，就把规矩忘到脑后去了——他们的公文包。哈，贺来霄，我发现了——啊，冠冕堂皇的阴谋诡计！——一封一字不差的文书，加上各种粉饰的理由，说什么事关丹麦和英国的利益，不能让我这个阴险毒辣的妖魔鬼怪活着回去，一得到公文就不能迟疑，甚至不等斧头磨好，就要我人头落地。

贺来霄　这可能吗？

哈梦莱　这里就是公文原件，你等有空再看。现在要不要听我讲下去？

贺来霄　请殿下快讲。

哈梦莱　落入了这阴谋诡计的陷阱，我的头脑还来不及准备就行动起来了。——我坐下来，写了一封新文书。字写得端端正正——我本来也像朝中大臣一样，认为书法端正是属下小吏的事，应该忘记。但是，老兄，这端正的书法现在却帮了我的大忙。你要知道我怎么写的吗？

贺来霄　请讲吧，好殿下。

哈梦莱　我用国王的名义写信给英国国王，先说两国的友好藩属关系，犹如欣欣向荣的棕榈，和平女神头上戴的麦穗花冠，把深情厚谊连在一起的美好文辞，还有一些诸如此类的陈词滥调。最后说：在收到文书后，请他们刻不容缓地把两个送信人处以死刑。

贺来霄　这样看来，吉登丹和罗森兰是送死去了。

哈梦莱　嘿，老兄，谁叫他们巴结讨好，自找霉头！我并没有对不起他们。他们不自量力，在这么大的斗争中插身进去，太危险了，怎能不遭殃呢！

贺来霄　这算什么国王啊！

哈梦莱　你看，难道我现在还不应该站出来——他谋杀了我的父王，婊子化了我的母后，插身在我和王位之间，放长线钓大鱼要勾销我的生命，天下难道有这样的叔侄关系？——难道我用武器送他的命还会问心有愧？难道我们

167

还该让这种摧残人性的病毒到处蔓延?

贺来霄　英国的消息恐怕很快就会传来,还不知道那边的事情结果如何呢。

哈梦莱　很快就会知道,不过在这之前的时间,我还能够掌握。一个人的生命短促,说完就完。我后悔的是,好贺来霄,不该在拉尔提面前气得忘乎所以了。因为从他的形象中,我可以看到我自己悲痛的影子,我应该挽回他的感情。不过,说实话,他表演的悲痛也太过分了,所以惹得我发了脾气。

贺来霄　不要说吧。你看有谁来了。

（小奥里克脱帽上。）

奥里克　欢迎殿下回到丹麦。

哈梦莱　敬谢不敏。——你认识这只无事忙的"水上飞"吗?

贺来霄　不认识,我的好殿下。

哈梦莱　那算你运气好,因为认识他可倒霉了。他有很多肥沃的土地和牲口,其实即使是牲口,只要能提供菜肴摆上国王的餐桌,也就可以成为贵宾了。不过,他可有一张油嘴滑舌，我已经说过，他满嘴的陈词滥调、污言秽语。

奥里克　敬爱的殿下，如果您有空闲，我想将主上交办的事禀告殿下。

哈梦莱　我会诚惶诚恐地聆听的，请你不必拘礼，帽子不必拿在手里，还是戴在头上更好。

奥里克　谢谢殿下，天气很热。

哈梦莱　不，你听我说，现在很冷，正刮北风呢。

奥里克　是有点冷，殿下，的确冷。

哈梦莱　我倒觉得对我的体质来说，还是有点闷热。

奥里克　的确非常闷热，殿下，我也说不出什么原因。不过，殿下，主公要我禀告：他为您下了一笔很大的赌注，这是我要说的事情——

哈梦莱　我请你不要忘了。（指帽子。）

奥里克　不，说实话，我这样舒服点，说老实话。殿下不会不知道拉尔提的武艺高强吧。

哈梦莱　什么武艺？

奥里克　舞刀弄剑呗。

哈梦莱　就这两门，那好。

奥里克　殿下，国王押下的赌注是六匹非洲快马，对

169

方的赌注是六对法国的长剑短刀，还有玉带金环，等等。有三副佩环真是美得难以想象，和剑柄配合得简直是天衣无缝，设计完美得无以复加。

哈梦莱　你说的佩环是什么？

奥里克　殿下，就是佩带宝剑用的金环。

哈梦莱　用词要和实物结合，你说佩环使人想到美人的珮环，而不是英雄的佩剑，所以还是不要以辞害意。好了，接着说吧，赌注是六匹非洲快马，和六对法国宝剑，还有金碧辉煌的附件。这就是法国赌注对丹麦赌注，你说赌的是什么呢？

奥里克　国王赌你们交手十二个回合，他赢你的回合不会多于三次，他却说是十二个回合中，他要赢你九次。究竟胜负如何，立刻可见分晓，只等殿下的回音了。

哈梦莱　如果我说"不"呢？

奥里克　我的意思是问：殿下不反对交锋吧？

哈梦莱　如果国王不反对的话，我要在大厅里走走，这是交锋前的准备时间；把比赛的剑拿来

　　　　吧，如果对方同意，国王也坚持要打赌，我就尽我所能为他取得胜利；即使败了，我也不过丢了面子，挨了几剑而已。

奥里克　我就这样回去禀报吗？

哈梦莱　只要意思到了，随便你用什么辞藻吧。

奥里克　我会尽力为殿下效劳的。

哈梦莱　不敢当，不敢当。

（奥里克下。）

　　　　你还是多为自己效劳吧，哪里顾得上别人呢？

贺来霄　像刚断奶的小鸟一样，他戴上帽子就飞走了。

哈梦莱　他不过是对母亲的乳头表示感谢而已。就是这样——他的同代人也一样肤浅——他们顺应时代的潮流，在社交活动中做些表面上的应酬工作，骗过了流行的舆论，但是好像发酵起来的水泡，吹一口气，就立刻化为乌有了。

贺来霄　殿下，你打的赌恐怕要输了。

哈梦莱　我看不一定。自从拉尔提去法国后，我不断练剑术，说不定会扭转劣势的。不过，你想不到，我心里其实非常难受。不过，这不要紧。

贺来霄　不，我的好殿下。

哈梦莱　我有个模糊的感觉，这种预感会使女人心烦意乱的。

贺来霄　如果你心里不想做什么事，那就不要去做。我会去说你不舒服，请他们不要来了。

哈梦莱　不行，我不相信预兆，连一只麻雀的生死都是天意。如果该今天发生的事，那就不会等到明天；如果不该是将来发生的事，那就让它现在发生；如果现在不发生，但总是要发生的，那就随时做好准备吧。既然失去了的东西不能复得，那为什么不让它到时候就失去呢？

（国王、王后、拉尔提及众臣上。）

（奥里克及侍从捧剑与手套、抬桌子与酒具上。）

国　王　来吧，哈梦莱，从我手中接过这只手去！

（把拉尔提的手放到哈梦莱手中。）

哈梦莱　请你原谅我，老兄，我做了对不起你的事。但是，请你原谅，因为你是个男子汉大丈夫。在场的都知道，你也应该听说过：我受到了惩罚，精神错乱了。我的所作所为唤醒了你的天性、荣誉感，使你大失所望，但是我现在要郑重声明：那是发了疯的哈梦莱得罪了拉尔提，不是正常的哈梦莱。如果哈梦莱的身体失去了他的灵魂，他就不是他自己了，当他不是他自己的时候得罪了拉尔提，那就不能算是哈梦莱得罪了人，哈梦莱否认做了这种事。那是谁干的呢？是一个疯子。这样说来，哈梦莱还属于受害的一方，那个疯子也是哈梦莱的敌人。老兄，在这大庭广众之中，让我公开否认我是有意犯罪的，希望能在你宽宏大量的胸怀中解除误会，我是在家中放箭，误伤了兄弟的。

拉尔提　我消除了天性中的误会，是误会使我冲动得要报仇雪恨的。现在，我失去了要报复的动机，但是这事还关系到我的荣誉，我不能置之不顾，就此罢休，而且言归于好，除非在座有德高望重的尊长，严正说明此事有例可援，无损家族荣誉。直到那时，我才可以接受你的友情高谊,不再辜负你的厚爱。

哈梦莱　深情厚谊铭刻在心。那就让我们像兄弟般来赌一次输赢吧。给我们拿剑来。

拉尔提　来,给我一把。

哈梦莱　我是来做陪客的,拉尔提,我对剑术,就像深夜里的黑暗一样无知。而你的武艺却像流星一样发出了万丈火红的光芒。

拉尔提　殿下开玩笑了。

哈梦莱　我举手是真的,说话就是真的。

国　王　小奥里克,给他们剑吧。哈梦莱贤侄,你知道我下的赌注。

哈梦莱　谢谢,你支持的是弱者。

国　王　我不怕你输,我看过你们两个的本领,他是更加高强,所以我赌他要多赢三个回合才能算赢。

拉尔提　(看剑。)这把剑太沉了,给我那一把。

哈梦莱　这把倒合我意。这些剑都一样长吗?

奥里克　是的,殿下。

　　　　(他们准备比剑。)

国　王　桌上酒杯要斟上酒。如果哈梦莱第一、二个回合击中了一点，或者在第三个回合中反击成功，那就让炮台鸣炮庆贺，本王将向哈梦莱敬酒，酒杯中会放上比丹麦四代王冠都更贵重的珍珠。拿酒杯来，让鼓乐号角准备齐鸣，通知炮手准备昭告天地：国王要为哈梦莱干杯！来开始比剑吧，裁判要看清楚。

哈梦莱　来吧，老兄。

拉尔提　来吧，殿下。

（他们比剑。）

哈梦莱　击中一剑。

拉尔提　没有。

哈梦莱　裁判！

奥里克　中了，看得出来。

拉尔提　那好，再来吧。

国　王　等一等，拿酒来——哈梦莱，珍珠是放你酒中的，祝你胜利！

（喝酒后把珍珠放入酒杯。）

把酒给他。

（号角声，礼炮声。）

哈梦莱　先打这个回合，再喝酒吧。——来！

（他们比剑。）

又击中了一剑，你说是吗？

拉尔提　只是擦着一点，擦着一点，我承认。

国　王　王子会赢的。

葛露德　他长胖了，喘不过气来——

（对哈梦莱）拿手巾去擦一把汗。母后为你干杯，祝你好运，哈梦莱。

哈梦莱　谢谢母后。

国　王　葛露德，不要喝酒！

葛露德　我要喝，主公，请让我喝吧。

（饮酒。）

国　王　（旁白）糟了！这是毒酒，来不及了。

哈梦莱　我现在不能喝，母亲，等一下。

葛露德　来，我给你擦擦脸。

拉尔提　（对国王）我这次一定要击中。

国　王　我不太相信。

拉尔提　（旁白）我良心上还有点不安呢。

哈梦莱　来第三个回合吧。拉尔提，你怎么不来劲？请拿出你的真功夫来，我怕你不把我当一回事吧。

拉尔提　你怎么这样说？来吧。

奥里克　双方都没有击中。

拉尔提　吃我一剑！

　　　　（双方扭打，互相夺剑。）

国　王　把他们分开，他们发火了。

哈梦莱　再来一次。

　　　　（葛露德倒地。）

奥里克　瞧！王后怎么啦？

贺来霄　双方都流血了。——

　　　　（对哈梦莱）殿下怎么了？

奥里克　你怎么啦，拉尔提？

拉尔提　我是自投罗网，奥里克，这叫自作自受。

哈梦莱　王后怎么啦？

国　王　她看见双方流血，就昏过去了。

葛露德　不，不是，是酒，是酒——啊，我亲爱的哈梦莱——是酒，是酒，我中毒了。（死。）

哈梦莱　啊！阴谋！把门锁上！阴谋！一定要查出来。

拉尔提　就在这里，哈梦莱，哈梦莱，你要死了；世上什么药也救不了你，你没有半个钟头好活了；杀人的凶器就在你手里，刀锋没有磨钝，而且涂了毒药。害人终害己，这报应落到我自己头上。我现在一倒下，再也起不来了。你母亲是毒死的。我不能再说了。主谋就是国王。

哈梦莱　剑头有毒，那就以毒攻毒吧。

（刺国王。）

众　人　反了！反了！

国　王　啊，救救我吧，朋友们，我只是受了伤。

哈梦莱　你这个乱伦的凶手，该死的丹麦人，喝掉这杯毒酒吧！你的珍珠还在里面呢。追随王后去吧！

（国王死。）

拉尔提　他死是罪有应得，毒药害人终害己！高尚的哈梦莱，我们谅解了吧。我父亲和我的死都不能怪你，你的死也不能怪我。

哈梦莱　上天恕你无罪，我追随你来了。——贺来霄，我要死了。——可怜的王后，永别了！——你们看得脸色发白、身子发抖、哑口无言的旁观者，假如我有时间——可惜残酷的死神发下了严格的拘捕令，毫不容情——啊，假如我能告诉你们；但是事实如此，只好认了。——不过贺来霄，我要死了，你还活着，把我的真情实况告诉不知情的人吧。

贺来霄　不要这样想，我虽然是丹麦人，但还有古罗马不负故人的心呢。这里还剩下了一点毒酒。

哈梦莱　你还算个男子汉吗？把酒杯给我，放手，看在老天份上。啊，好贺来霄，假如后世不明事实真相，那我们身后的名声要受到多大的损害啊！如果你心里真有我，就请你慢走一步，不要这么快回到乐园去，留在这无情的世上，呼吸冷暖无常的空气，讲明白我的事实真相吧！

（远处行军，幕后炮声。）

哪里来的军队行动的声音？

（奥里克上。）

奥里克　小福丁拔从波兰凯旋，碰到英国使臣，就鸣炮致敬了。

哈梦莱　啊，我要死了，贺来霄，毒药在我身上发作，叫得比报晓的公鸡还响。我等不到听英国来的消息了，不过我可以预言；福丁拔可以当选为王，他可以得到我的临终授命，所以请你务必转告。还有其他大小事情，言不尽意，就只剩下一片寂静了。呜、呜、呜、呜。（死。）

贺来霄　心碎了，心碎了。永别了，亲爱的王子，天使在结队欢迎你安息。哪里来的鼓声？

（福丁拔及英国使臣上，鼓乐。旗帜、侍从后随。）

福丁拔　哪里有洋洋大观呢？

贺来霄　如果要看奇观或者悲观，那你就可以止步了。

福丁拔　死神看到这么多王公贵人一下尸横遍地，血溅宫廷，在地狱里都要大摆盛宴了。

英使臣　这个景象阴森可怕，我们从英国来晚了一步，要听消息的耳朵已经失去了听觉。我们向谁去报告罗森兰和吉登丹的死讯？——又有谁会向我们表示谢意呢？

贺来霄　即使他能活过来道谢，你也不会从他口里听到谢意的，因为他根本没有想要处死他们。你们从波兰胜利归来，而你也从英国来到，那你们就下令把尸体陈列台上，由我来向不

　　　　明真相的人说明原委，你们就会知道这些违反自然的血腥事件，阴谋诡计或者迫不得已造成的死亡，误解的结果是害人终害己，所有这些我都可以说个清楚明白。

福丁拔　那你就赶快说来我们听吧，还要达官贵人一起来听。我对王国享有传统的特权，现在不得不在悲声中接管了。

贺来霄　关于这点，我也有话要说。王子临终遗言已有交代，现在必须实现，刻不容缓，以免人心混乱，发生误解、阴谋、暴乱。

福丁拔　让四位将士把哈梦莱的遗体像军人一样护送到台上。如果他能即位亲政，一定是位英明君主。现在，他的葬礼要用军乐，要按军规为他致哀。抬起他的遗体，这种景象在战场上不足为奇，但在宫廷就显得超群出众了。要战士鸣炮致敬吧！

（众下。鸣炮致哀。）

　　　　　　　　　　2014年4月5日至6月6日
　　　　　　　　　　译于北京大学畅春园舞山楼